Martine.

W0278589

No te veré morir

Seix Barral Biblioteca Breve

Antonio Muñoz Molina

No te veré morir

© Antonio Muñoz Molina, 2023
Todos los derechos reservados
© Editorial Planeta, S. A., 2023
Seix Barral, un sello editorial de Editorial Planeta, S. A.
Avda. Diagonal, 662-664, 08034 Barcelona (España)
www.seix-barral.es
www.planetadelibros.com

Primera edición: septiembre de 2023
ISBN: 978-84-322-4232-8
Depósito legal: B. 13.428-2023
Composición: Moelmo, SCP
Impresión y encuadernación: CPI Black Print
Printed in Spain - Impreso en España

La lectura abre horizontes, iguala oportunidades y construye una sociedad mejor. La propiedad intelectual es clave en la creación de contenidos culturales porque sostiene el ecosistema de quienes escriben y de nuestras librerías. Al comprar este libro estarás contribuyendo a mantener dicho ecosistema vivo y en crecimiento. En **Grupo Planeta** agradecemos que nos ayudes a apoyar así la autonomía creativa de autoras y autores para que puedan seguir desempeñando su labor.
Dirígete a CEDRO (Centro Español de Derechos Reprográficos) si necesitas fotocopiar o escanear algún fragmento de esta obra. Puedes contactar con CEDRO a través de la web www.conlicencia.com o por teléfono en el 91 702 19 70 / 93 272 04 47.

FSC www.fsc.org MIXTO Papel procedente de fuentes responsables FSC® C158190

El papel utilizado para la impresión de este libro está calificado como papel ecológico y procede de bosques gestionados de manera sostenible.

No volveré a tocarte.
No te veré morir.

IDEA VILARIÑO

I

«Si estoy aquí y estoy viéndote y hablando contigo, esto ha de ser un sueño», dijo Aristu, mirando a su alrededor con asombro, con gratitud, con incredulidad, con el miedo a que en cualquier momento se disipara todo, volviendo la mirada hacia Adriana Zuber, medio siglo después, hacia el color y la expresión inalterada de sus ojos, sorprendido de hasta qué punto, habiendo creído recordarlos siempre con exactitud, los había olvidado, los bellos ojos risueños entre grises y azules que ahora lo miraban a él igual que la última vez, en mayo de 1967, en otro siglo y en otro mundo y sin embargo en esta misma habitación, en la que desde el momento de entrar había descubierto que casi nada había cambiado, no ya los muebles o los cuadros o las cortinas en la ventana sino la luz misma, la luz pálida que entraba desde un patio de manzana en el barrio de Salamanca, igual que los rumores vecinales y el ruido bronco pero amortiguado del tráfico, una luz de media mañana y de revelación o despedida, tamizada por los verdes de umbría fresca y savia reciente de los árboles del patio, jardín más bien, casi parque, tan espacioso, oros como de polen o polvo suspendido en el aire, flotando visible en la habitación, en la que Aristu advirtió ahora que sonaba el mismo reloj de péndulo de cincuenta años atrás, acentuando el silencio en que los dos se miraban aquella vez, en el momento de una despedida que no podían concebir, el uno frente al otro, el pelo de ella rojo entonces y no blanco pero igual de revuelto, sus ojos agrandados y atónitos, aunque no más brillantes ni bellos, cuando los dos sabían y aceptaban que se iban a separar pero no podían imaginar la magnitud del espacio ni la duración de los años que tenían por delante, demasiado jóvenes para sospechar siquiera esas amplitudes, las lejanías que pueden separar las vidas humanas, mucho más jóvenes y más inocentes y torpes de lo que creían, confiados de algún modo en la perduración del mundo y del tiempo que hasta entonces habían conocido, cuando una ausencia de uno o dos meses era una eternidad imperfectamente abreviada por las cartas, cuando los apenas diez años que los separaban entonces de la adolescencia y de su primer encuentro cobraban para ellos la lenta duración de sus vidas enteras, constituían la prueba de que lo vivido por los dos hasta entonces tenía raíces tan hondas que nada lo podía debilitar, y mucho menos destruir, ni siquiera la distancia que ahora estaba a punto de abrirse entre ellos, un océano y un continente enteros, un porvenir sin fechas previsibles de regreso, un abismo que ya estaba ensanchándose entre los dos pero que no veían, fijo cada uno en la mirada del otro, engañados por la familiaridad de la mutua presencia y del lugar donde estaban, en la ciudad de siempre y con los ruidos usuales de fondo, más lejos y más cerca, el reloj de péndulo a espaldas de ella y el clamor vecinal en el patio, al que los dos prestaban en ese momento, al quedarse callados, una atención distraída, criadas que cantaban en medio de las tareas matinales, o que seguían la voz de una copla en la radio, en un programa de discos dedicados, martillazos de operarios en una obra cercana, de eso se acordó él de pronto, porque volvía a oírlo ahora mismo, golpes de alguien en el techo o en un muro, otro recuerdo perdido que volvía, preservado dónde, durante todo ese tiempo, en el mismo archivo infalible y sellado del que ahora rescataba un olor de flores secas y de madera barnizada, en esta casa a la que había vuelto muchas veces a lo largo de los últimos cincuenta años, aunque solo en sueños, de los que despertaba con el estupor, y el desconsuelo, de que no fuera verdad lo que hasta ese momento había tan plenamente vivido, con una verosimilitud tan poderosa como la de la vida diurna, aunque con mucha más intensidad y belleza, como si todo lo demás, su otra vida entera, no fuera más que un tedioso simulacro, y él mismo lo viviera más bien ausente y como adormilado, como cuando atravesaba las obligaciones diarias con toda eficiencia pero sin poner la menor atención verdadera en ninguna de ellas, como un figurante en una película, la de su propia vida sólida, respetable y estéril, esa era la palabra, estéril y también superflua, una simulación a la que dedicaba cada hora de cada día desde que abría los ojos, y que solo quedaba interrumpida cuando apagaba la luz, se recluía en la oscuridad y en la almohada y sentía la proximidad consoladora del sueño, y en ella la de ver en los sueños a las personas que más le importaban, y con las que ya solo podía encontrarse cuando estaba dormido, bien porque hubieran muerto o porque estuvieran en el antiguo país, «*the old country*», decía él también, en el continente del otro lado del océano, amigos de infancia a los que había perdido el rastro sin remordimiento muchos años atrás pero de los que ahora volvía a acordarse, o su hermana, que ahora estaba viuda y muy torpe y no quería salir de Madrid, y mucho menos de España, por más que él y su mujer la invitaran a visitarlos, le ofrecieran billetes en *business* y habitaciones de hotel, si era que no quería instalarse con ellos en el apartamento de Manhattan, o en la casa a la orilla del Hudson, su hermana que era el único vínculo, la única presencia que quedaba de su vida anterior, la vida española cada vez más deshabitada y lejana, deshabitada de figuras familiares y poblada exclusivamente de desconocidos, algunos de los cuales lo llamaban por su nombre de pila cuando volvía y hasta tenían sus mismos apellidos, y rasgos parecidos a los suyos o más desoladoramente aún a los de sus muertos memorables, los muertos tutelares, su padre y su madre, a los que ahora reconocía en momentos fugaces en la cara o en la voz de un sobrino o sobrina, aunque el parecido, el espejismo, se disipaba en seguida, dejándole una melancolía que ni siquiera se aliviaba las raras veces en que en algún viaje rápido a Madrid había tenido tiempo de visitar sus tumbas, las dos lápidas contiguas, conyugalmente juntos en la muerte igual que lo estuvieron en vida, con una mezcla de constancia y de pesadumbre, de rutina y dulzura, que a él siempre lo había intrigado, y que lo confortaba como la perduración de un ritual cuando los dos aún estaban vivos y él los encontraba en sus regresos, un poco más viejos cada vez pero igual de acompasados en sus costumbres y en sus sosegadas disputas, y en el modo con que el tiempo iba desgastándolos con una lima ecuánime, de manera que no era posible imaginar no ya que se separaran, sino que pudieran no morir al mismo tiempo, o que uno de los dos fuera al concierto de la orquesta nacional el domingo a mediodía y el otro se quedara en casa, o que no viajaran juntos cada dos o tres años a Estados Unidos, a encontrarse con el hijo y la nuera americana y los nietos mucho más americanos que españoles, americanos del todo desde que entraron en la adolescencia, extranjeros visibles que hablaban un torpe español los veranos en que venían a visitar a los abuelos, grandullones impacientes por volver al país al que pertenecían, y donde él, Gabriel Aristu, se había acomodado a la idea de quedarse para siempre, sorprendido de descubrir que cuantos más años pasaban, en vez de adaptarse todavía mejor, se volvía íntimamente más extranjero, aunque hubiera vivido allí muchos años más que en España, aunque hablara y pensara y hasta soñara en inglés y se sorprendiera muchas veces, cuando estaba en España, teniendo reacciones y quejas de americano ante la ineficiencia y la lentitud más bien decadente que tenían tantas cosas en Europa, si bien al llegar le complacía tanto enseñar en el aeropuerto el pasaporte granate de la Unión Europea y pasar así el control en la cola más rápida, aunque también llevaba dispuesto en el bolsillo el otro pasaporte de tapas azules que sacaba con la misma secreta complacencia cuando volvía a Nueva York y veía en la terminal de llegadas a los viajeros desdichados y confusos de Europa y de cualquier otro sitio del mundo, guardando colas lentas y apacentados por funcionarios groseros, antes de enfrentarse en las ventanillas a los agentes amenazadores de Inmigración, que a él sin embargo lo recibían con una sonrisa y un caluroso «*Welcome back home, sir*», que él acogía afablemente pero con cierta reserva, un hombre acostumbrado a moverse por los pisos ejecutivos de las sedes de bancos internacionales y despachos de abogados y por las salas de reuniones de los *boards* de fundaciones culturales o de alto patrocinio, actuando con una desenvoltura en la que había una parte de consumada simulación, una ficción ostensible, pero compartida y aceptada por todos, de cordialidad colectiva y campechanía, convertida a veces en severa gravedad, cuando era preciso ponerse en pie y escuchar el himno nacional con la mano derecha en el corazón, y otras veces disuelta en estallidos unánimes de júbilo, si un orador delante del atril decía un chiste o una agudeza que era preciso celebrar a carcajadas sonoras, como cuando en las recepciones del Kremlin Stalin hacía un chiste y nadie se atrevía a reír menos ruidosamente que los otros y menos aún a ser el primero en dejar de reír o de aplaudir, según había leído Aristu en alguna de aquellas biografías voluminosas que se reservaba para los veranos en la casa de campo junto al Hudson, a la que ahora estaba planeando retirarse, tal vez este verano mismo, cuando volviera de España, de este viaje que sin saber por qué había hecho en secreto, sin decirle nada a Constance, que distraídamente lo imaginaba ahora mismo en Ginebra, en alguna de aquellas reuniones de asesoría señorial y en gran medida ficticia o superflua en las que participaba de vez en cuando desde su jubilación, o más bien encubierto despido, «relevo de la vieja guardia», habían dicho, que al principio le había parecido humillante y ahora agradecía en secreto, ahora que por fin y de golpe se encontraba en libertad para hacer lo que le diera la gana, por primera vez desde que tenía uso de razón, sano y todavía fuerte para sus años, recuperado del cáncer que durante un tiempo pareció que iba a matarlo, lúcido y animoso para hacer todo lo que había pasado la vida entera postergando, por culpa de las circunstancias que de un modo u otro esclavizan a cualquiera, pero sobre todo por culpa de su debilidad de carácter, de su sentido asfixiante del deber, de la responsabilidad y la culpa, por miedo a defraudar las expectativas de los otros, que desde niño lo habían abrumado con una identidad forzosa de buen hijo, de buen alumno, de profesional intachable, y luego de buen esposo y buen padre, y de ejecutivo de organizaciones internacionales a medias entre las finanzas y la filantropía, a todo lo cual él se había sometido con una mansedumbre tan perfecta que casi equivalía, en la práctica, a una vocación, no la que sintió con tanta fuerza y durante un tiempo cuando era muy joven, la de dedicarse en cuerpo y alma al violoncello y tener una carrera como músico, sino la otra vocación, la que le atribuían todos, la que le celebraban, la que le impusieron sin misericordia, aunque sin darse cuenta de la presión que unos y otros ejercían sobre él, déspotas benévolos, padre y madre y profesores paternales y afectuosos consejeros y amigos de la familia que le ayudaban a abrirse camino, con tal generosidad, tan cargados de buenas intenciones, que habría sido imperdonable defraudarlos, colegas o antiguos conocidos del padre que le escribían una carta de referencia o le organizaban un encuentro en un despacho relevante, y después, ya en Estados Unidos, socios o contactos del que pronto sería su suegro, parientes en posiciones de influencia y con una voluntad de ayudar al joven prometedor y a su esposa más joven todavía a la que habría sido desleal no responder con aptitud y con un máximo de iniciativa, en el nuevo país donde todo estaba mucho más lleno de energía que en la vieja Europa, por no hablar de la España lóbrega y atrasada de la que él venía, marcándolo con un origen que le era preciso borrar cuanto antes, tan rápidamente como dejó atrás las dificultades del idioma, aunque no llegó nunca a desprenderse del acento, que ahora, en vez de desacreditarlo cuando hablaba, le añadía una distinción vagamente centroeuropea, con la añadidura prestigiosa de un rastro del inglés británico que había adquirido en Oxford, o más bien perfeccionado, porque el buen acento ya lo traía de Madrid, del British Council donde su padre lo puso a estudiar en cuanto cumplió los diez años, no por esnobismo o arrogancia de clase, de los cuales carecía, tanto como de dinero, sino por una íntima, una desesperada convicción de que debía salvar a su hijo de aquella negrura española en medio de la cual había venido al mundo, debía protegerlo de la ignorancia, de la barbarie, del integrismo religioso, de la rigidez española de aquellos años, de la brutalidad cuartelaria y eclesiástica de los vencedores, de sus verdugos y sus capellanes, de sus feroces servidores subalternos, algunos de los cuales, para su vergüenza, formaban parte de su propia familia y del círculo más inmediato de sus conocidos, que amedrentaban a aquel hombre débil que fue siempre el padre de Gabriel Aristu, débil y culto, digno y pobre, dispuesto a trabajar más y a privarse de cosas esenciales para pagar la matrícula de su hijo en la escuela británica, resuelto a compensarlo de algún modo por la broma pesada, la broma macabra, decía él, de haberlo traído al mundo en España y en 1940, justo en los días de la caída de Francia, cuando estos bárbaros de aquí estaban entregados a su carnicería vengativa, y él, su padre, que en apariencia y oficialmente era uno de los suyos, por haber sufrido «persecución y cautiverio bajo el dominio rojo», se sentía espantado de aquella victoria que había esperado durante tres años, refugiado en diversos sótanos y buhardillas de Madrid y luego en una dependencia de la embajada de Chile, de la que salió como regresado de la tumba una mañana inhóspita de finales de marzo de 1939, encontrándose perdido en una ciudad horizontal de árboles talados y ruinas, en el mismo barrio en el que había vivido siempre, camino de la casa en la que su mujer esperaba sin saber si había muerto, tan pálido como un espectro cuando ella abrió la puerta y lo vio en el rellano, a la luz mezquina de una bombilla colgada de una cuerda, tan paralizado y tan maravillado ante ella, a la que llevaba casi tres años sin ver, y había creído que ya no vería nunca, como se encontró su hijo algo más de setenta años después frente a Adriana Zuber, sintiendo que si la veía tan claramente y tan cerca y oía su voz era que estaba soñando, aunque todas la apariencias indicaran lo contrario y él se encontrara tan despierto y tan lúcido a pesar de lo poco que había dormido por culpa del *jet lag* y del nerviosismo, de la expectativa inconcebible de volver a verla después de cincuenta años, desde el 16 de mayo de 1967, cuando se cerró a sus espaldas esa puerta que solo hoy había vuelto a abrirse para él y lo que sintió fue una mezcla impura de nostalgia anticipada y alivio, la cobarde retirada masculina de un sufrimiento que esa misma cobardía estaba provocando, el simple deseo de alejarse de la tristeza y poner tierra por medio, tierra y océano en este caso, y un continente entero además, «*from sea to shining sea*», según dice el himno con un ímpetu religioso que a él en esa época no le molestaba, ya que todo lo de aquel país indiscriminadamente lo atraía, con un fervor de advenedizo que ahora ya casi había olvidado, ahora que no se sentía ni de este lado ni del otro, flotando sin esfuerzo en una doble extranjería, americano a disgusto en España y español resabiado y escéptico en Estados Unidos, desapegado íntimamente de todo salvo de algunos recuerdos y algunos lugares, su estudio sobre todo, o lo que él sin demasiado motivo llamaba así, con el ventanal frente a los bosques y el curso lento del Hudson, y la pequeña biblioteca que había reunido allí, la estantería con las partituras, la caja solemne del cello, que ahora echaba de menos en Madrid, a donde había querido viajar esta vez con un equipaje mínimo, preparado con delicadeza experta por Connie, los dobleces exactos de las camisas, el racimo variado y sedoso de las corbatas, la bolsa de aseo y el estuche de cuero con las cosas de afeitar, incluidos los recipientes de tamaño adecuado de loción y colonia, todo lo que había usado con una sensación de deslealtad en el cuarto de baño del hotel cuando se preparaba meticulosamente para la visita, queriendo evitar en lo posible la formalidad de los preparativos para una reunión corporativa, la sobriedad que había sido su uniforme de trabajo durante tantos años, y de la que ahora no sabía cómo desprenderse, ni siquiera en esta mañana en la que se estaba arreglando como para una cita en los años ceremoniosos de su primera juventud, peinándose hacia atrás en el espejo, el pelo ahora escaso que conservaba el rastro de una ondulación antigua, eligiendo un pañuelo a juego con la corbata para ponérselo doblado en el bolsillo superior de la chaqueta, sin lograr la perfección que a Connie no le habría costado ningún esfuerzo, ella que en ese momento estaría sumergida en el sueño, con el antifaz sobre los ojos, en el dormitorio a oscuras de Nueva York, en el calor excesivo de la calefacción americana, tan extremada y tan irritante como el aire acondicionado, que ella y los chicos sin embargo encontraban natural, y al que él no se había acostumbrado nunca, otra de esas discordias menores que en vez de aliviarse se agravaban con los años, como molestias crónicas que van minando poco a poco la vida, y contra las que uno acepta que no hay nada que hacer, y hasta de vez en cuando se olvida de ellas, sin tolerarlas nunca en el fondo, dejándolas alimentar un resentimiento secreto, un depósito de rencores que se van filtrando gota a gota, como un aljibe a varios metros bajo tierra, en las profundidades inconfesables del alma en las que uno está solo, tan sin vínculos exteriores como lo estaba Gabriel Aristu esta mañana en el hotel de Madrid donde nadie sabía que estuviera alojado, un viajero llegado de Estados Unidos y de Ginebra la tarde anterior sin más equipaje que una pequeña maleta de asa desplegable, moviéndose con la diligencia experta de los habituados a los itinerarios por los aeropuertos internacionales, aunque ya con una cierta lentitud en los ademanes, un hombre muy bien conservado pero que ya había dejado atrás los setenta años, y que le había hablado distraídamente en inglés a la recepcionista, un inglés tan formal como su vestuario, una actitud imperiosa sin esfuerzo que iba allanando delante de él todas las dificultades, haciendo aparecer en el momento oportuno a un empleado que se hacía cargo de su maleta y que unos minutos después, ya en la espléndida habitación que le habían asignado, no una de esas tan mezquinas y peor situadas a las que deportan a los viajeros solos, abrió para él las cortinas que daban a las copas de los árboles en la calle Villanueva y le enseñaba el minibar y el cuarto de baño y le explicaba el funcionamiento del aire acondicionado, que por fortuna no estaba en marcha, a la temperatura heladora que lo habría asaltado en una habitación de hotel en Nueva York, su otra ciudad ahora mismo sumergida todavía en la noche, en otro mundo, en la otra vida que de pronto no le parecía suya y ni siquiera del todo real, aunque hubiera durado mucho más que su vida española, la que ahora estaba a punto de reanudar, o eso creía, sin estar del todo seguro, en cuanto saliera del hotel, orientándose con facilidad en la cuadrícula borrosa de las calles de su juventud, más arboladas que en sus recuerdos lejanos, con más ruido y más tráfico, habitadas por personas jóvenes que le eran desconocidas, aunque también, casi furtivamente, por otros en los que quizás habría podido reconocer a algunos de sus coetáneos, los afectados por la epidemia terminal del tiempo, los canosos y lentos, hombres y mujeres, los encorvados con la vista temerosa fija en el suelo, los desplomados en sillas de ruedas, algunos pálidos como cadáveres de mandíbulas descolgadas, aparcados en bancos de la acera, con barbillas temblorosas y miradas perdidas, y ojos diminutos y húmedos de pájaro, asistidos por emigrantes jóvenes de América Latina o de África, que hablaban o tecleaban en sus móviles mientras los vigilaban de soslayo, los viejos ya expulsados del mundo que les había pertenecido, del que se habían enseñoreado con la misma insolencia de estos jóvenes de ahora que hablaban alto y ocupaban las aceras con su pujanza física y su barullo colectivo, enseñándose los unos a los otros pantallas de teléfonos, tan indiferentes a todo lo que no fuera ellos mismos como si solo ellos habitaran la ciudad, hablando muy alto, chicos y chicas, en un bronco español que a Gabriel Aristu le sonaba al mismo tiempo descarnado y desconocido, tan exótico como la manera en que se vestían o gesticulaban, accionando mucho las manos, sobre todo ellas, ocupando el espacio de tal manera que él tenía que hacerse a un lado, con algo de miedo a que lo arrollaran o lo tiraran al suelo, ahora que le había llegado, como un signo de la edad, el miedo a las caídas, digno y erguido, observándose por sorpresa y no sin aprobación en el escaparate de una tienda de ropa, un galán cauteloso, algo anacrónico, ligeramente envarado, en esas calles sombreadas de acacias del barrio de Salamanca, tomadas a media mañana por gente muy joven, estudiantes en escuelas cercanas de diseño o tecnología, bellos y bellas sin ningún esfuerzo, sin ningún cuidado, sin la menor conciencia de lo extremo, lo vulnerable, lo fugaz de su juventud, como tantos a los que él había visto por primera vez con estupor cuando llegó a California en 1967, muchos de ellos de su misma edad pero tan distintos como si pertenecieran a otra especie dotada de plumajes fantásticos, semejantes a estos jóvenes de ahora en Madrid, ellas sobre todo, con sus cabelleras largas y lisas y sus vestuarios tan excéntricos, las cinturas desnudas, los tatuajes, todo tan ajeno y alarmante para quien él era ahora, como lo fue para quien había sido a los veintitantos y ya se vestía con esta misma formalidad, recién llegado de España, con un traje arcaico hecho a medida por un sastre de Madrid, moviéndose con una cautela medrosa a la que aquellos jóvenes, igual que estos de ahora, parecían inmunes, y que él había heredado de sus mayores y de sus maestros, sobre todo de su padre, a quien veneraba y que lo exasperaba, le echaba encima sin darse cuenta todo el peso del infortunio y el miedo de su vida, le había transmitido, inoculado, su ambición de ser culto y civilizado e inmune a la brutalidad y a los malos modos, le había querido enseñar a ser intachable y cuidadoso de los sentimientos de los otros, los que habían tenido menos oportunidades que él aunque las merecieran, motivo por el cual a Gabriel Aristu, hijo leal de su padre, no le sería lícito desperdiciar nada de lo que se le ofrecía, lo que había sido dispuesto para él con tanto sacrificio, el British Council, la Alliance Française, las clases de música, el primer cello, los abonos a la Orquesta Nacional, las tertulias en el salón de casa con músicos y escritores amigos de su padre, la carrera de Derecho y Economía, y sobre todo la beca para Oxford, lograda por la mediación de aquel amigo británico, Mr. Trend, a quien el padre había conocido antes de la guerra en casa de don Manuel de Falla, en su pequeño jardín a un paso de la Alhambra, donde más de una vez se había encontrado con García Lorca y otro gran amigo también perdido, Adolfo Salazar, cuando nadie imaginaba el derrumbamiento y la inundación de sangre que estaba a punto de desatarse, y de la que su padre salió dañado tan indeleblemente como si hubiera sufrido una espantosa mutilación, aunque la suya era invisible para la mayor parte de quienes lo conocían, pero no para su mujer ni para su hijo, que lo oían gritar en sueños por las noches, incapaz de despertar aunque lo sacudieran y lo llamaran a voces por su nombre, tan prisionero de su pesadilla siempre idéntica como lo había estado en la celda donde esperaba cada noche que vinieran para leer su nombre en una lista escrita a máquina y llevarlo al paredón, y desde donde oía los gritos, las descargas de los fusiles, el rugido de los motores, o más ominoso todavía, el teclear de las máquinas de escribir en las que se redactaban con varias copias en papel carbón los nombres de los que iban a morir esa noche y los que iban a salvarse o tan solo a ver prolongada veinticuatro horas más la agonía a la que el padre de Gabriel Aristu siguió regresando tantas noches de su vida futura, mezclando su propio espanto con el de los crímenes que ahora veía cometidos contra los que hubiera debido considerar sus enemigos, los que se vieron arrojados a la persecución y al terror en los mismos días de aquel marzo del 39 en que él se vio en libertad, incrédulo de no estar ya en peligro, de poder ir a cara descubierta por donde le diera la gana o le permitieran sus piernas debilitadas por más de dos años de encierro y de hambre, desconociéndose cuando se vio por primera vez reflejado en la luna de un escaparate, astillada en parte y sujeta con esparadrapos después de algún bombardeo, de modo que vio en él fragmentada su imagen, descoyuntada por las líneas de fractura del espejo, y por eso le fue más difícil todavía reconocerse, hasta el punto de que pensó que estaba viendo a otro, un desconocido alto, muy flaco, quebradizo, de rasgos huesudos, con una barba mal afeitada, como una mancha de suciedad en el mentón, y lo más extraño de todo, el pelo blanco, cuando el suyo era negro, negro reluciente, encrespado, tan rebelde que le costaba siempre domarlo con la pomada y con el peine, no esa especie de raro plumón blanco como de cráneo de tiñoso que ahora encontraba en el espejo, asombrándose no del cambio de apariencia súbito que había sufrido su cara sino de todo el tiempo que llevaba sin verla reflejada, tan ajeno a sí mismo que se había olvidado de su propio aspecto, sumido en una especie de coma espiritual, sin duda agravado por el hambre, del que iba a tardar en despertarse mucho tiempo, o del que no despertó nunca del todo, sospechaba con tristeza y piedad su hijo, acordándose de sus pesadillas y de sus tics nerviosos, sus gestos furtivos de angustia, el modo ansioso y entrecortado en que chupaba cigarrillos o bebía sorbos mínimos de agua, o recogía y aplastaba migas de pan sobre el mantel, un hombre demolido por dentro, consagrado obsesivamente a proteger en lo posible y por cualquier medio a su mujer y a sus hijos del mundo exterior, de la brutalidad, la sinrazón, la pura y atroz mala suerte, de la penuria, del hambre, del frío en los inviernos de aquella posguerra de Madrid que no terminaba nunca ni parecía aliviarse, del terror que él había conocido y le había vuelto blanco el pelo en plena juventud y en el curso de una sola noche, del espectáculo de crueldad e inaudita grosería que daban a diario los vencedores, públicamente y también en privado, sin dejar resquicio, en cada una de las facetas de la vida, en los púlpitos y las escuelas y las procesiones y las salas de cine y los desfiles militares por las calles de un Madrid que nunca dejó de parecerle una ciudad vencida y ocupada, aunque los vencedores y ocupantes lo reconocieran a él como uno de los suyos, simpatizante monárquico antes de la guerra, perseguido como una alimaña desde el verano del 36, más que nada porque su firma aparecía con regularidad en las páginas de música clásica de *ABC*, cautivo y mártir, y como tal condecorado después de la Victoria y favorecido con ciertas prebendas de escasa cuantía que en secreto lo avergonzaban, pero que no estaba en condiciones de no aprovechar, por cautela política y por simple necesidad de sobrevivir, de alimentar a su familia, calentarla en invierno, conseguir cartillas de racionamiento, de proteger a su hijo y luego a su hija del raquitismo, de la anemia, del grosero adoctrinamiento cuartelario y católico, de irles abriendo cuanto antes la posibilidad de salir de España, o de al menos poseer la educación y las credenciales que en caso necesario les permitieran escapar del país y poder construirse vidas más seguras en latitudes hospitalarias, en esos países que él admiraba desde lejos y con un alto grado de idealización, y hasta de candidez, Inglaterra sobre todo, que había visitado brevemente el año 35, en aquel festival memorable y restringido de música contemporánea española que organizó el profesor Trend en Oxford, y que aparte de eso existía sobre todo en su imaginación literaria, musical y erudita, en su amor por William Byrd y Purcell, por las sinfonías de Elgar y Vaughan Williams, completos desconocidos en España, y en su predilección por las chaquetas de *tweed* y los *bow ties*, si bien no en la solvencia para fumar en pipa, que intentó unas cuantas veces sin éxito, con una voluntad extrema de anglofilia que deseó transmitir cuanto antes a su primogénito, matriculándolo en el British Council de Madrid, en virtud del mismo principio sanitario y pedagógico que lo impulsaba a alimentar bien al niño, con suplementos de vitaminas y aceite de hígado de bacalao, y a habituarlo al ejercicio al aire libre, para que se hiciera fuerte, para que estuviera en condiciones de sobreponerse a las acometidas de la aspereza española, y pudiera escapar al destino que él y su esposa le habían impuesto con inconsciencia y tal vez irresponsabilidad cuando lo concibieron, cuando lo hicieron llegar al mundo en lo más negro de la noche inmensa que anegaba Europa después de haberse tragado a España, nueve meses justos después del día en que él salió por primera vez a la calle al final de su cautiverio y se vio como un fantasma o un muerto no del todo regresado a la vida en el escaparate medio destrozado de una sastrería y anduvo extraviado sin encontrar su calle ni su casa en el barrio donde había vivido siempre, con pavimentos reventados y árboles descabezados por la metralla o talados para hacer leña, un viejo súbito que se sujetaba contra el frío de finales de marzo las solapas subidas de una chaqueta vieja que no era suya, tan flaco y pálido y con el pelo tan blanco que cuando su mujer abrió la puerta, entre esperanzada y asustada, no lo reconoció, y estuvo a punto de cerrar tomándolo por un mendigo un momento antes de que él alzara la mano en un extraño saludo o gesto lento de súplica y abriera la boca formando en los labios el nombre de ella, sin decirlo todavía, porque no le salía la voz, en una escena detenida y silenciosa que a Gabriel Aristu, el hijo de los dos, le gustaba imaginarse tan detalladamente como si pudiera recordarla, según su madre se la contó luego muchas veces, sin que el padre participara de esas rememoraciones, por pudor, sin duda, el mismo pudor que ponía en los labios de su madre una sonrisa, dándole a entender que fue aquella misma tarde y en el trance del mutuo reconocimiento cuando lo engendraron a él, hijo por lo tanto y en igual medida de la desgracia y de la pasión inmediatamente recobrada, del terror que su padre no superó nunca y del refugio inviolable que encontraba en el abrazo de ella, la que lo había creído muerto, la que lo vio ante sí haciendo ese gesto de alzar la mano y abrir la boca sin pronunciar una palabra, revelando que no solo se le había puesto blanco el pelo, sino que parecía más viejo además porque le faltaban algunos dientes, pormenor humillante que a él le hizo apretar la boca cuando su mujer iba a besarlo, en el rellano del que su hijo se acordó muchos años después, cuando los dos ya estaban muertos, cuando se vio parado delante de otra puerta, en un amplio rellano muy parecido, con suelo crujiente de parquet, también en Madrid y en el mismo barrio, recién salido de un ascensor anticuado y solemne, aunque algo decrépito, con un espejo en el que Aristu se examinaba con una atención nerviosa, inseguro, ajustándose el nudo de la corbata, demasiado formal para la ocasión y la época del año, para estas calles de gente joven y tiendas con música muy alta y letreros en inglés por las que había venido, desconociéndolo casi todo, hasta el acento de la gente, como si paseara por una ciudad extranjera en la que no hubiera estado nunca, y otras veces, de un momento a otro, reconociendo sin incertidumbre detalles precisos, una cierta esquina con un muro alto de ladrillo detrás del cual se oía el clamor de un patio de colegio, un portal en el que recordó de pronto que entraba casi a diario porque allí vivía un compañero del bachillerato, la torre calada de una iglesia neogótica, pintada de blanco contra el azul limpio del cielo de Madrid, idéntico al de sus recuerdos más lejanos, tan arraigado en su memoria íntima como el desfallecimiento que sentía al acercarse al lugar y al momento de la cita, como si tuviera veintisiete años y estuviera en vísperas de su primer viaje a Los Ángeles y no se atreviera a subir todavía a la casa de Adriana Zuber, que estaba ya también esperándolo, ella también vestida para la fiesta íntima y en gran parte clandestina de la despedida, asomada a la ventana pero invisible desde la calle, observándolo detrás de las cortinas ya echadas, por encima de las copas de las acacias, que en aquel tiempo eran mucho más jóvenes y no cubrían con una sombra tan tupida la calle, entonces ocupada sobre todo por lecherías, tiendas de ultramarinos, mercerías, pequeños talleres, no las tiendas de ropa ni los restaurantes de lujo que lo llenaban todo ahora, no los coches y todoterrenos negros aparcados en doble fila, tan caros como los que podían verse en Madison Avenue, en la zona alta de las joyerías y los pequeños restaurantes de nombre francés, con toldos listados y mesas en las aceras de las calles laterales, donde a Connie y a él les gustaba sentarse en los días cálidos y soleados de finales de mayo, en el final siempre dudoso de la duradera pesadilla del invierno, de la que cada año, según envejecía, se le hacía más necesario escapar, no a Madrid, ciudad por la que no sentía mucho aprecio, aunque hubiera nacido en ella, sino hacia la ancha Europa cada vez más añorada, París o cualquier ciudad de la opulenta provincia francesa, Italia, a donde Adriana Zuber y él se habían prometido que viajarían juntos, que se escaparían juntos, quizás sabiendo los dos, cada uno por separado, que no iban a hacerlo nunca, igual que se prometían tantas otras cosas, compensando en la vehemencia de la imaginación las limitaciones mezquinas de la realidad, que aunque estuvieran separados y hubieran dejado de quererse ninguno de los dos haría nada que el otro no aprobara, que no se ocultarían nada el uno al otro, ni los pensamientos ni los deseos más inconfesables, los más vergonzosos, que se seguirían escribiendo y guardando todas las cartas, aunque tuvieran que esconderlas, con los sobres incluidos, para conservar la constancia documental de sellos de países diferentes y fechas de envío estampadas, las cartas y los telegramas, como el que acabó siendo el último de todos, el que le envió Adriana urgente porque no conseguía localizarlo por teléfono ni en los lugares donde fue a buscarlo, y no estaba dispuesta a perder esa oportunidad, que sería la última antes del viaje a Los Ángeles, la misma víspera, el telegrama con la hora y el lugar de la cita y la seguridad de que iban a estar solos durante una tarde y toda una noche, y debajo una frase de Eça de Queiroz que habían leído juntos, «Con todos los amores que hay en el amor», solo que ahora deslealmente, y desde hacía muchos años, él no sabía dónde pudo acabar ese telegrama, que había abierto y sostenido como un tesoro y una invitación procaz entre las manos, no porque en un momento dado hubiera decidido destruir la correspondencia, sino porque la había olvidado, había ido perdiendo fragmentos en los sucesivos cambios de domicilio y de ciudad, en la anchura de la nueva vida americana, el vértigo, el atolondramiento más bien, la ebriedad de descubrir y soltar lastre, el peso muerto del pasado, la estrechez española, la formalidad indumentaria y el remordimiento, la inercia del luto, las raíces que en Estados Unidos ya no lo atrapaban como manos ansiosas, telarañas y ataduras, fotografías en blanco y negro de parientes difuntos, todo lo que se quedaba atrás sin que él hiciera ni el esfuerzo consciente de soltarlo, una piel seca y quebradiza de la que se había desprendido al cabo de unos meses, casi semanas, en la claridad cegadora y jovial de California, desprendiéndose con ella del catálogo agobiante de todas sus lealtades, aunque algunas fingiera mantenerlas, de la deuda de culpa y gratitud que lo había atado a sus padres, incluso, para su vergüenza retrospectiva, del amor por Adriana Zuber, y de todas las cosas que lo habían alimentado, desde que se conocieron a los diecisiete años, todo el catálogo de sus afinidades, libros, películas, canciones, poemas aprendidos de memoria, citas copiadas en una postal, todas las cosas materiales que en el mundo de ahora habían desaparecido, las que Gabriel Aristu añoraba de pronto, cuando hacía ya mucho tiempo que su pérdida era irreparable, ahora que empezaba a sentirse viejo de verdad, y que los sueños con ella se habían vuelto más frecuentes y vívidos, regalos súbitos en el despertar, a veces después del sueño inquieto en un vuelo transatlántico, o en el silencio del amanecer en su casa junto al Hudson, al cabo de una noche de mucho descanso, sueños de una delicada belleza que sin embargo se le borraban en seguida, como si estuvieran hechos de una materia mucho más frágil que las imágenes de la vigilia, encuentros súbitos con Adriana Zuber a la vuelta de una esquina en Madrid, o en una mesa al fondo de una cafetería, o en la sala de un museo contigua a donde él estaba, siempre lugares que le parecían familiares pero que no tenían correspondencia exacta con ninguna realidad, y en los que pocas veces llegaba a verla a ella del todo, bien porque estaba algo lejos, entre la gente, o porque desaparecía muy rápido, como si huyera de él, herida por una deslealtad, o desdeñosa de su presencia, porque estaba delante de ella y la veía a contraluz, bajo un toldo de verano, o en el interior en penumbra de un café que sin duda estaba en Madrid porque tenía un aire solemne y decrépito, Adriana Zuber de pie contra la claridad blanca de un ventanal en una mañana nublada de invierno, en el presente y en el pasado, en una juventud que no modificaban los años transcurridos, tantos que no parecía posible que esa imagen fuera tan concreta en el sueño, tan rica en detalles sutiles que él nunca había recordado despierto, y ni siquiera había apreciado de manera consciente cuando los observaba, siempre algo distraído hacia lo real, como le reprochó algunas veces ella, que amaba tanto o más que él las fábulas de la literatura y del cine, pero que tenía además el don de fijarse en las cosas concretas, y de cuidar con los cinco sentidos la belleza de lo tangible y lo cotidiano y no solo la establecida por las artes, y le llamaba la atención a Gabriel Aristu sobre una blusa o un bolso o un broche de pelo que se ponía para ir a un concierto, a veces, si él le había regalado un libro y le pedía que lo leyera con urgencia, ella lamentaba la vulgaridad o el mal gusto de la portada, con un sentido estético que a él lo fastidiaba más de una vez, pero que en el fondo iba a imprimirse para siempre en su manera de mirar las cosas e incluso de estar en el mundo, un sentido del orden, de la limpidez y la armonía, un desagrado instintivo hacia cualquier negligencia, o hacia cualquier forma de desconsideración, de faltas de cuidado o respeto en el trato con las personas y con las cosas, un sentido infalible pero no ceremonioso de la cortesía, todo lo cual compensaba el desorden espartano que Aristu encontraba en su propia casa, donde ni su padre ni su madre prestaban atención a nada que no fuesen las necesidades más perentorias, y donde la primacía de unos cuantos valores supremos —la educación, por encima de todo, la reverencia por la cultura y sobre todo por la música, el agasajo a visitantes ilustres— imponía el sacrificio de todo lo demás, y el esfuerzo incesante de trabajo, ascetismo y ahorro sin el cual el proyecto pedagógico de sus padres no habría sido posible, dada la penuria de un país aislado y en ruinas, y las ganancias escasas que su padre podía obtener escribiendo críticas de conciertos en la prensa y notas de programas, tan escrupulosas de erudición y de estilo que el tiempo que dedicaba a ellas volvía más irrisorio el pago que recibía, tan mezquino como el reconocimiento intelectual que ni siquiera esperaba, en aquel Madrid devastado donde los maestros y los colegas excepcionales de su juventud habían desaparecido, asesinados o desterrados o condenados al silencio, dejándolo en una soledad de superviviente y náufrago de otra época en la que no encontraba más amparo ni compañía intelectual que la de su mujer, y después, al cabo de los años, la de su hijo mayor y la de la hija que vino más tarde, como una célula clandestina en la que se encontraba protegido y además podía propagar cautelosamente las cosas que amaba, la música sobre todo, el ejemplo de invención y pedagogía de sus maestros venerados, don Manuel de Falla y Adolfo Salazar por encima de todos, la conexión respetuosa con las tradiciones populares y el vínculo desbaratado pero no roto con los músicos del mundo exterior, con su otro héroe Ígor Stravinski, al que había conocido en Madrid cuando era muy joven, en la primera visita de los Ballets Russes, cuando el estreno calamitoso de *La consagración de la primavera*, y que, las pocas veces que volvió a España después de la guerra, vino siempre a verlo y lo invitó a sus conciertos, y dejó en su hijo, en Gabriel Aristu, el recuerdo infantil y luego adolescente de un viejecillo vivaz con gafas enormes y un cigarro ardiendo en la punta de una boquilla negra muy larga, que mantenía mordida entre sus dientes muy grandes, mientras saltaba del francés al inglés con una rapidez y un acento ruso tan cerrado que esos dos idiomas, además de poco inteligibles, parecían iguales entre sí, para gran guasa de su madre, que era mucho menos reverencial que el marido y se ponía a imitar al visitante ilustre en cuanto había salido por la puerta, diminuto y empaquetado en un traje muy estrecho, recordando que tiraba al suelo la ceniza y hasta las colillas, sin reparar en la alfombra, ni tampoco en el niño al que tomaba en brazos sin quitarse el cigarro de la boca, de la que venía un aliento a tabaco dulzón y a los caramelos de menta que extraía del bolsillo del chaleco, y de los que Aristu se siguió acordando a lo largo de su vida cada vez que asistía a un concierto donde se interpretaba música de Stravinski, dándole la oportunidad, en las cenas y recepciones posteriores, con su etiqueta de *black tie*, de contar a las personas sentadas en torno a la mesa que de niño había conocido y tratado al compositor que para los otros era una figura histórica, y que incluso se había sentado en sus rodillas, «*which may give you an accurate idea of how old I am*», decía al terminar su relato, que había amenizado con una imitación del maestro hablando inglés, con las preceptivas carcajadas de la concurrencia, incluida la misma Connie, que había escuchado tantas veces esa historia y esa misma *punch line*, una astucia de su ya tan larga vida americana, en la que nadie que lo viese podía pensar que no estuviera plenamente integrado, con un dominio sin fallos no solo del idioma sino también del sentido de la teatralidad, en la que Connie había sido su principal instructora y seguía siendo su cómplice, con su instintiva y aprendida jovialidad americana y su solvencia de anfitriona, por no hablar de una elegancia sin esfuerzo y una lozanía física colmada y no disminuida por la madurez, revelada en las ocasiones de gran gala por los vestidos que le ceñían el talle y dejaban al desnudo el escote y los hombros, más joven que él pero no tanto como parecía, así que los otros invitados a aquellas fiestas se sorprendían al saber que ya tenía hijos mayores, «*not already in college but long out of it and up in the world*», explicaba ella misma, con su voz vibrante y un poco nasal, mientras él sonreía al otro lado de la mesa, con su *black tie* y su *tuxedo* y su camisa blanca almidonada, con una sonrisa sobria en su cara española, en la que no intervenía nunca ni un solo gesto de expresividad americana, como si no hubiera dejado nunca de vivir en Madrid y hubiera trabajado de registrador o de notario, aunque hablaba ese inglés tan cultivado, tan idiomático, que daba envidia a los diplomáticos y a los empresarios españoles que solo a través de él lograban que los invitaran a aquellas celebraciones exclusivas, y que le pedían consejo, cada vez que llegaban aturdidos y en el fondo acomplejados de España, para aprender a moverse en los circuitos inhóspitos de la mundanidad americana, en la que sin su ayuda se habrían encontrado desalentados y perdidos, y en más de una ocasión también estafados, ignorantes de un principio que Gabriel Aristu dominaba al poco tiempo de llegar al país, que era el de hacer compatible una apreciación pragmática y hasta descarnada de la realidad y un simulacro de fantasioso entusiasmo, de optimismo invencible, hasta de inocencia, aquel ímpetu que a él lo había deslumbrado cuando llegó a Estados Unidos, con la inercia sombría de la vida española y de la deprimente mugre inglesa, en el verano de 1967 y en California, «*the summer of love*», rememoraba con cierto educado sarcasmo, cuando ardían los barrios negros de Los Ángeles y universitarias de melenas revueltas y gafas con cristales de colores quemaban los sujetadores con los mismos mecheros con los que encendían porros deformes de marihuana, sintiéndose a la vez exaltado y arrastrado, llevado ingrávidamente por la corriente de un mundo en el que de repente todo era fácil y cualquier dificultad se resolvía sin esfuerzo, sin las lentitudes y las demoras y trámites de cualquier cosa en España, como si hubiera desembarcado en una tierra en la que era menos opresiva la fuerza de la gravedad, y en la que todo parecía al alcance de la mano, alquilar un apartamento, conseguir un teléfono, encontrar una lavandería o una tienda de fruta abiertas a las tres de la mañana, quedarse estudiando hasta medianoche en una suntuosa biblioteca universitaria, obtener el carnet de conducir, comprar un coche de segunda mano a un precio irrisorio, conducirlo por una autopista de anchura inmensa y carriles muy bien señalizados, líneas blancas que se prolongaban invitadoramente hacia una ilimitada lejanía de colinas azules y perspectivas oceánicas, mientras en la radio del coche se sucedían las emisoras transmitiendo músicas resplandecientes o discursos de voces vibrantes que lo mismo anunciaban refrescos o electrodomésticos que proclamaban el amor libre o la percepción extrasensorial o la inminencia de un apocalipsis en el que no habría misericordia para los impíos, y todo tan lejos, tan infinitamente lejos, al final de otro continente, a la orilla de un océano que desde allí se dilataba sin estorbo hasta las costas del Japón, con el vértigo de la curvatura de la Tierra, todo tan lejos que a Gabriel Aristu le costaba calcular qué hora sería en Madrid, y lo recordaba todo, si llegaba a recordarlo, empequeñecido, decolorado, envejecido, y cuando iba a mandar una postal o una carta miraba con una gran sensación de irrealidad la dirección que acababa de escribir en el sobre, y el nombre del destinatario, sus padres, su hermana, Adriana Zuber, a quien no conseguía recordar bien aunque mirara la foto suya que llevaba en la cartera, la que ella le había dedicado en la despedida, con una letra que ahora, en América, le parecía, inconfesablemente, anticuada, y como de señorita de provincias, igual que le parecía un poco rancia la foto, que era un retrato de estudio, que Adriana se había hecho para él, para que la llevara consigo en el viaje, y se la había entregado la última noche, madrugada más bien, cuando se despidieron sin haber dormido nada, sobre todo ella, Adriana insomne, porque a él en algún momento lo había vencido el cansancio, y sentía medio en sueños que ella lo besaba queriendo despertarlo, o ansiosa por no dormir y darse cuenta de que se acababa el tiempo, que amanecía y despertaban los pájaros en las copas de las acacias jóvenes del barrio de Salamanca, sumergida bajo las sábanas, como una buceadora descendiendo desnuda a una cueva o refugio secreto, a cuyo amparo el pudor cedía a la delicada desvergüenza, codiciosa de apurar los últimos minutos, mientras él despertaba o se hacía consciente sin salir todavía del sueño, prolongándolo en la misma oleada de lenta dulzura, de extenuación física transmutada en una forma nueva y algo dolorosa de deseo, cercano al puro desfallecimiento en su máxima intensidad simultánea, a una capitulación hecha en gran medida de incredulidad y gratitud, del asombro de haber merecido lo que nunca habían imaginado, a no ser como un cumplimiento o una confirmación del todo tangible, terrenal, sexual, de sensaciones que los dos habían intuido o entrevisto en algunas películas, en poemas, en pasajes de libros y músicas que los dos amaban, y que se habían descubierto el uno al otro, con una afinidad que tenía algo de adivinación y que los había sorprendido desde los primeros encuentros, pero que ya existía antes de que se conocieran, como en ese ensayo de Montaigne que les gustaba leerse en voz alta, «antes de conocernos ya nos abrazábamos en nuestros nombres», palabras que ella volvió a murmurarle en el oído esa noche, tarde todavía, cuando apenas unos minutos después de que él llamara muy suavemente a la puerta (había que evitar la vigilancia de los vecinos) ya estaban arrancándose la ropa en el camino entrecortado hacia el dormitorio, él borrándole con un beso obstinado el carmín que Adriana se había dibujado tan cuidadosamente en los labios delante del espejo, en los últimos minutos de la espera, cuando ya era seguro que él vendría, un poco antes de asomarse a la calle detrás de las cortinas echadas y verlo parado en la acera, con su aire de torpe clandestinidad, con su formalidad irremediable de buen hijo, buen estudiante, alumno sobresaliente de la London School of Economics, recién contratado por un despacho de asesoría legal y comercial en Los Ángeles, digno siempre, manso, dócil a toda norma visible o no escrita, en seguida confuso cuando no tenía una norma que seguir, como tantas veces que había bailado con ella, en los primeros años, antes del rápido noviazgo y matrimonio de Adriana con el otro, sin abandonarse nunca, impecable en cada paso de baile que daba y tieso como un palo, igual que cuando interpretaban juntos *Antonio y Cleopatra* en las funciones escolares del Instituto Británico, adolescentes los dos, él con su inglés tan perfecto, meticuloso, casi exasperante, amedrentado por la posibilidad de cometer un error que no se perdonaría a sí mismo aunque probablemente nadie lo advirtiera, tan temeroso siempre de todo, hasta de los resfriados, tan cauteloso, incluso cuando cruzaba la calle acercándose al portal y alzaba los ojos con cierto disimulo hacia el balcón donde no acertó a ver a Adriana, aunque sí vio el postigo que se entornaba, y sintió una contracción dolorosa en el estómago, la expectativa y el miedo, y también cada una de sus inseguridades físicas, que frente a Adriana Zuber se agudizaban, pero que esa tarde y esa noche desaparecieron sin dejar rastro, lo mismo que una parte de su rigidez, no toda, desde el momento en que ella le abrió la puerta y se vio atraído y envuelto en una atmósfera hecha de su belleza y de su ropa y el peinado que llevaba, y la colonia que se había puesto, para llevarlo a conciencia al tiempo ya lejano en el que se conocieron, y la música que venía del interior de la casa, un disco que él le había traído de uno de sus viajes a Londres, de una cantante que a Adriana Zuber le gustaba mucho, aunque él no la conocía, y ahora no se acordaba del nombre, ni prestaba atención a su voz, aunque notara su efecto, como empezó a notar muy pronto el efecto del whisky con soda que ella le ofreció, los dos sentados con cierta formalidad en el salón, que ahora a él le parecía distinto porque era la primera vez que se encontraba a solas con Adriana en esta casa, sin la presencia excesiva del marido y de un grupo más o menos numeroso de invitados, sin el acompañamiento de un clamor de voces, en un silencio aún más intenso porque había dejado de sonar la música, aunque durante unos largos segundos quedó el crepitar de la aguja en el disco que seguía girando, y que ella detuvo en seco, en un gesto que incluía una determinación mucho mayor que la requerida por esa tarea superflua, deteniendo también el progreso lánguido de la conversación en la que habían caído en el momento de encontrarse, y que era del todo incoherente con el hecho de que estuvieran allí, los dos solos, porque ella le había pedido que viniera, con tanta premura que cuando no dio con él llamándolo varias veces y a distintos sitios por teléfono le mandó insensatamente un telegrama a casa de sus padres, «Estoy sola. Se ha ido y no vuelve hasta pasado mañana. Ven a las 7», y aun así no dejó de seguir llamándolo para asegurarse de que recibía el mensaje, y también por la impaciencia de oír su voz, que sin embargo ahora, a la hora de la verdad, cuando ya estaban juntos, y habían empezado a cometer por lo tanto un acto ilícito y sin duda peligroso, le sonaba tan neutra, por timidez, por incomodidad, como si le faltara el aire, como si en vez de encontrarse a solas sin ningún pretexto ni coartada estuvieran en alguna de aquellas cenas a las que Gabriel Aristu había asistido unas cuantas veces desde que ella se casó, y en las que cada vez que se hablaban el uno al otro, aunque se estuvieran diciendo una trivialidad, tenían miedo de mostrar algo que los descubriera, de revelar en el tono de las voces o en la expresión de una mirada un vínculo que excluía a todos los demás, un espacio secreto en el que estaban los dos solos, tal como por fin estaban ahora de verdad, un poco antes de que dejara de sonar la música, delante de la mesa baja en la que ella había dispuesto, como una anfitriona, los vasos, el cubo con hielo, la botella de soda, hasta unas almendras saladas, los dos diciendo naderías, mientras el tiempo tan limitado ya pasaba, como si también ahora tuvieran que disimular ante testigos invisibles, él con su formalidad de invitado, de amigo de confianza de la familia, contándole a Adriana que ya tenía hecha la maleta, que iba a volar primero a Nueva York y desde allí a Los Ángeles, que su padre tenía vértigos y ahora se mareaba algunas veces durante un concierto, y a continuación no dijo nada, ni ella tampoco, con el vaso de whisky sobre las rodillas juntas, y el frío decreciente del cristal en los dedos, y como había terminado la música se oía ese ruido de la aguja girando al final del disco, hasta que Adriana Zuber, con un gesto a la vez terminante y sigiloso, habitual en su manera de moverse, porque oscilaba fácilmente entre la quietud y la impaciencia, levantó la aguja y detuvo el disco, y fue hacia él y se sentó en sus rodillas, quitándole el whisky de las manos al mismo tiempo que se abrazaba a él, separándole los labios y los dientes con la lengua para besarlo con un descaro que no había tenido nunca con nadie y que él no sabía que pudiera existir, y acariciándole la cara y el pelo y la nuca con las dos manos mientras lo besaba, mezclando golosamente en la saliva y en las ondulaciones de la lengua el sabor del whisky y del carmín, que le limpió a él de los labios con una sonrisa cuando apartó la cara para tomar aliento y para mirarlo a los ojos, forzándolo a que los abriera bien y la mirara a ella, que de pronto le pareció menos joven, no la muchacha bien conocida y siempre deseada y estática en el tiempo que no había cambiado para él desde que eran adolescentes y se recitaban de memoria a Shakespeare y a Elizabeth Barrett Browning en el Instituto Británico, sino una mujer hecha, concreta, carnal, sometida a las intemperies comunes de la vida, no resignada del todo a ellas, resuelta ahora a la desvergüenza y a la aceptación del peligro, pero no a perder de antemano lo que más le importaba y lo que ninguno de los dos había sabido defender, y ni siquiera reconocer que seguía existiendo como un magnetismo mutuo más poderoso aún porque desde hacía unos años, desde la boda de ella, se había vuelto clandestino, y mucho antes se había ido ya deteriorando por culpa de la intermitencia y del desaliento, por los períodos de lejanía a veces largos que los habían separado, sobre todo desde que él empezó a irse a Inglaterra, Oxford primero y luego Londres, la London School of Economics, un proyecto o simulacro de joven *scholar* inglés costeado por las penurias extremas de sus padres, que al sacrificarse tan extenuadoramente por él le imponían una deuda moral que no podría pagar nunca, y que a cada momento, cada año, pesaba más sobre sus hombros, creando un doble impulso de agradecer y devolver y de salir huyendo, y que Adriana sentía como un chantaje contra el que ella no podía hacer nada, porque la rectitud, la culpa, el agradecimiento, el sentido del deber, la lealtad filial, serían siempre más poderosos para Gabriel Aristu que su amor por ella, y que el empuje para dedicarse a aquello que de verdad le importaba y le apasionaba, que era justamente una de las cosas que lo unían a ella, aparte del deseo, y mezclado con él, el fervor por la música, que en su caso cobraba la forma concreta de su vocación por el violoncello, tocar a Bach sobre todo, tocarlo y escucharlo, las suites grabadas por Pau

Casals en 1938, escuchar y mirar de cerca a Casals mientras tocaba, en las visitas que él y su padre le hicieron en su destierro o su refugio campesino de Prades, viajando en trenes cada vez más lentos hasta cruzar la frontera de Francia, el padre con el pelo prematuramente blanco y el hijo en vísperas de la adolescencia, los dos formales y erguidos para compensar el traqueteo de un convoy que seguía siendo de posguerra, los dos con trajes igual de severos, de una dignidad entre administrativa y funeraria, los dos igual de absortos luego cuando escuchaban al viejo maestro tocar a media tarde en el jardín de su casa tan modesta, inmensamente digno, con pantalón negro y chaqueta negra y alpargatas de payés, sentado en una silla de anea, el espolón del cello clavado en la gravilla, y la música que surgía como un borbotón de agua, no en el silencio forzoso de una sala de conciertos sino en una huerta, al aire libre, como una acequia tumultuosa o un manantial en un bosque, el cello solo y acompañado por los sonidos de los pájaros y los de las hojas de un membrillo que daba sombra al jardín y perfumaba el aire de principios de otoño con la madurez de sus frutos amarillos, sumiendo a Gabriel Aristu en una conmoción que no iba a abandonarlo nunca, la revelación de una belleza que era parte natural de este mundo como la cal de la fachada de la casa o los membrillos opulentos o el crujido de la grava bajo los pies firmes de Casals, y que también era de fuera de este mundo, que podía ser delicada y áspera a la vez, abstracta como un teorema matemático y terrenal y concreta como la vibración de la madera en la caja del instrumento y como la fuerza de los dedos campesinos de Casals, en los que pensaba luego siempre con envidia y algo de remordimiento mirando los suyos, que presionaban el mástil con tanta dificultad, pero que poco a poco se fueron fortaleciendo y a la vez haciéndose más ágiles, acariciados y besados por Adriana Zuber esa última tarde, cuando ella le había quitado el vaso de whisky de las manos y después de besarlo en la boca lo había mirado a los ojos y le había sujetado la cara para que él no pudiera apartar los suyos, para que no pudiera eludir una vez más el desafío que ella había estado presentándole casi desde el día en que se conocieron, desde que comprendió, con su fulminante agudeza, que el talento no cuajado todavía y su capacidad de fervor no eran más poderosos en Gabriel Aristu que su inclinación a la conformidad y a una difusa cobardía masculina impregnada de sentido del deber, y de una devoción a sus padres, a su padre sobre todo, angustiada y protectora, un desvelo continuo que se transmutaba en obediencia, en la necesidad de satisfacer cada una de las expectativas que desde niño se habían proyectado sobre él, como un voto religioso forzado, como una incesante carrera de obstáculos en la que nunca había desfallecido ni defraudado, ni en la escuela, ni en el British Council, ni en el conservatorio, la Facultad de Derecho, Oxford, la London School, siempre la ansiedad colectiva —padre, madre, hermana— por las calificaciones al final de cada curso, y siempre el alivio, la vanidad íntima, el orgullo excesivo y nunca apaciguado ni colmado del todo de sus padres, que lo ataba a ellos con una especie de morbosa gratitud, por todo lo que habían hecho por él, la deuda que no terminaría de pagar nunca, por mucho que Adriana Zuber hubiera querido emanciparlo de ella, forzándolo a esa mirada tan cercana en la que deseaba ella esa noche que se viera a sí mismo tal como ella lo veía, tan excitado por el deseo como consciente de quién era de verdad, de sus facultades y sus inclinaciones más profundas, todo lo que estaba en él mismo pero adormecido, o negado, no reconocido, lo que lo había conducido hacia ella esa tarde con el telegrama en el bolsillo como un talismán que iría abriendo puertas y derribando obstáculos y haciéndolo invisible para traerlo hacia ella, a unas horas en las que su sentido del deber lo habría llevado a fatigarse en obligatorias despedidas familiares, con parabienes y lágrimas por el largo viaje inminente, para traerlo a la hora indicada y a la casa, en la que a ella no le daba miedo o no le importaba que lo vieran llegar cuando no estaba su marido, resuelta a perder la vergüenza ahora que todo lo demás lo tenía perdido, a no separarse de él como lo habían hecho tantas veces, fingiendo o creyendo que no les importaba, que ninguno de los dos tenía obligaciones ni exigencias hacia el otro, no diciendo nunca lo que estaban a punto de decir, ni mencionando directamente en las cartas lo que en el fondo les llevaba a escribirlas, desviando hacia la música o la literatura o las películas lo que era puro deseo, fiebre de tocarse y estrecharse el uno contra el otro y no despegarse nunca, tal como estaban haciendo ahora, cuando ella se levantó de sus rodillas pasándose la mano por el pelo despeinado y sin volver a ordenarse la ropa, sin corregir la mancha de carmín y saliva que le hacía más impúdica la sonrisa, aunque en el brillo gris y azul de sus ojos había una expresión perfectamente seria, una determinación invitadora, como en su mano extendida, los dedos mojados por la saliva de él, la palma tibia y mullida cuando él la apretó, con más fuerza de la que había esperado que pondría, tanta que sintió bajo la piel los huesos frágiles de la mano de ella, que poco después le deshacía y le arrancaba casi con desprecio la corbata, como una bandera usurpadora que ya no estuviera dispuesta a seguir tolerando, la corbata de abogado o economista pero no de músico, la chaqueta hecha a medida por el mismo sastre de hombros hundidos y piel translúcida que hacía los trajes de su padre desde antes de la guerra, todo lo que lo sometía y lo embalsamaba, lo que le había forzado a abandonar la disciplina fervorosa de la música y ahora estaba a punto de embarcarlo en una carrera internacional entre jurídica y bancaria en aquel despacho de Los Ángeles que su padre y su hermana mencionaban en deficiente inglés con tanto orgullo, mañana mismo, a mediodía, en un plazo de horas, tan pocas que ya no era lícito desperdiciar ni una sola, después de haber perdido tantas, gloriosos tesoros gratuitos de meses y de años que ninguno de los dos había sabido aprovechar, pero que ahora cobraban para ellos la forma precisa de este encuentro, esta tarde, ya anocheciendo, en la casa que a él le daba una sensación de irrealidad, porque era la casa de otro y él la había visitado unas cuantas veces, un espacio ajeno que sin embargo también pertenecía a ella, y por lo tanto lo atraía y en cierto modo lo miraba como secretamente suyo, más íntimo a cada paso, según se alejaban del salón hacia el dormitorio, hacia la puerta cerrada y pintada de blanco que él había mirado a veces con agravio y envidia cuando en alguna cena en la que era invitado había ido al cuarto de baño, y que ella ahora abría empujando con el costado y sin dejar de besarlo, adherida a él, el olor de su pelo y de su aliento ahora confundido con el aire más cálido y los olores del dormitorio, en una penumbra matizada por el poniente rojizo que entraba de la calle, por los postigos que un rato antes ella había entreabierto para verlo venir, tan consciente de lo que quería que pasara que ya lo veía como un exacto vaticinio, aunque ninguno de los dos previó nada de verdad, imaginó o deseó nada que estuviera a la altura de lo que les sucedía, en todo el largo tiempo que estuvieron sin decir nada, sin darse cuenta de la extraordinaria duración del silencio, tan riguroso como si se encontraran en el interior del espejo que los reflejaba, aunque había cada vez menos claridad y habría sido difícil distinguir las formas de los dos cuerpos, que se reconocieron y acompasaron sin incertidumbre ni angustia desde el primer instante, como si todo el tiempo que habían pasado deseándose les hubiera concedido una educación secreta, un conocimiento pormenorizado de cada superficie, cada pliegue y matiz y preferencia escondida, entendiéndose por gestos, miradas y roces sin la menor necesidad de palabras, con sonidos que no llegaban a ser articulados, absueltos del lenguaje como de la ropa y de la decencia, adivinando a cada momento todo lo que necesitaban saber y lo que cada uno de los dos deseaba incluso antes de que llegara a saberlo, y solo pudiera descubrirlo en el instante en el que se le concedía, de tal modo que cuando volvieron por primera vez de aquella inmersión se miraron el uno al otro como si acabaran de sacar las cabezas del agua y solo ahora pudieran comunicarse con palabras, despertando al mismo tiempo de un sueño que hubieran soñado los dos a la vez, y ahora debieran enfrentarse a una realidad ajena a ellos de la que se habían olvidado por completo, una realidad impenetrable a la transformación que habían vivido, y en la que todavía habitaban, con la inercia lenta de la dulzura sexual, oyendo como desde muy lejos los ruidos vecinales, sin encender ninguna luz, alumbrados a medias por la claridad de una farola cercana, que proyectaba en el dormitorio la sombra agrandada y movediza de un árbol, tendidos sobre la cama que ni siquiera habían abierto, la colcha de raso que les daba frío en las espaldas desnudas, Adán y Eva adúlteros en un dormitorio bien decorado del barrio de Salamanca, desnudos a una hora en la que ya era de noche pero continuaban los ruidos de la actividad diurna, los pasos de la gente, los coches, los gritos de los que vendían cosas o pedían taxis, todo aquello de lo que se sentían absueltos, igual que de la culpa, pero que igual que ella iba a volver, no todavía, por fortuna, no en las próximas horas, aunque él ya, mezquinamente, miraba el reloj de la mesa de noche, su resplandor tenue de fósforo, pensando en que sus padres estarían esperándolo, aunque les había dicho que llegaría tarde, que había quedado con amigos para despedirse y tal vez se retrasaría, porque al fin y al cabo ya tenía hecha la maleta y preparado el pasaporte y el billete y todos los documentos, pero nada de eso lo tranquilizaba, y Adriana Zuber lo conocía tanto que sin preguntarle nada advirtió en su cara la sombra de ese pensamiento, que esta vez, sin embargo, se disipó sin rastro por un golpe de alegría, cuando la vio a ella saltar desnuda y elástica de la cama, de espaldas a él, y asomarse un momento al exterior y echar luego las cortinas, después de ajustar los postigos, trayendo a la habitación un silencio nuevo que preservaba la intimidad recién alcanzada y los defendía contra la intemperie y hasta contra la avidez del tiempo que no se había detenido, pero que ahora, otra vez, iba quedando en suspenso, según se hablaban el uno al otro al oído, se confesaban todo lo que habían callado a lo largo de los años, se asombraban y hasta se enorgullecían de todo el tiempo que llevaban conociéndose, comprobaban y corregían recuerdos, suprimiendo todo aquello de lo que se arrepentían y lo que hubieran podido reprocharse, la cobardía, la negligencia de él, la impaciencia de ella, el modo en que cada uno se había dejado arrastrar hacia donde no quería, la facilidad tramposa que tenían los dos para perderse en fantasías estéticas en vez de hacer frente a las asperezas prácticas, a las coacciones y graduales chantajes de la realidad, a las expectativas y las exigencias de otros, durante tanto tiempo, como si la desdicha fuera obligatoria y el reconocimiento de las propias necesidades y deseos fuera delictivo, o deshonroso, o una afrenta a la bondad de quienes estaban tan seguros de quererlo a uno que no tenían el menor escrúpulo en condenarlo al infortunio si les parecía que eso era lo mejor para él, o para ella, acreedores, dijo Adriana, apretándose de nuevo contra él, de costado, la forma poderosa de su cintura y su cadera dibujada nítidamente a la luz recién encendida de la mesa de noche, de la que ella había quitado un poco antes la foto del marido, guardándola bocabajo en el cajón, sin remordimiento, sin pensarlo mucho, con la misma desenvoltura con que ahora se iba adhiriendo de nuevo a él, agradeciendo el calor de su cuerpo, el olor masculino que ahora se le había vuelto familiar, y que borraba y dejaba cancelados otros tristes olores conyugales, igual que el sombrío oprobio intermitente de una entrega a la que nunca se había abandonado de verdad, y de la que se sentía tan despegada como si no estuviera sucediéndole a ella, algo sumario, crudo, fatigoso, obligatorio, por fortuna casi siempre rápido, un estertor ajeno que acababa en seguida y no le dejaba ninguna huella que no borrara con eficacia el grifo de agua caliente del baño, nada que se pareciera a esta efusión que la exaltaba y la desfallecía, que era tan intensa si cerraba los ojos y se dejaba llevar como si los mantenía abiertos y lo miraba todo y era ella quien guiaba y quien prevalecía, acelerando o haciéndolo todo más lento, deteniéndolo en un trance hasta cierto punto doloroso, como en un filo o un límite que era también un umbral, más allá del cual estaría, imaginaba ella, confusamente lo sentía, el vértigo de lo irremediable, no una decisión consciente sino algo como un golpe de mar que la arrastrara a ella, los arrastrara a los dos, hasta una ruptura sin regreso posible con la vida anterior de cada uno, con la decencia, con la respetabilidad, con la cobardía, con el mundo dentro del cual habían vivido siempre y en el que permanecían ahora mismo, aunque tuvieran una ebria sensación de libertad, como de blasfemia jubilosa, como si ya hubieran huido como dos cómplices después de un desfalco y se encontraran en un hotel de alguna de aquellas ciudades extranjeras a las que en otra época planeaban viajar juntos, anónimos y libres, surcando los vestíbulos de los hoteles y las plazas con toldos y veladores de cafés, exaltados impúdicamente por el amor y volcados cada uno en el cumplimiento de su destino verdadero, no en la pesadumbre española a la que se habían resignado, no en esta vivienda familiar que Adriana Zuber habitaba como un decorado, el de una de las obras de teatro a las que su marido la llevaba, con matrimonios de clase media alta, smoking y vestidos de noche, la posición doméstica en la que ella había ingresado por propia voluntad, envuelta en una especie de niebla de apatía en la que disimulaba la sospecha de estarse equivocando, y de la que solo ahora, esta noche, le parecía haber despertado, en la temeridad sin remordimiento de haberse encontrado precisamente aquí con Gabriel Aristu, de haber profanado con él su dormitorio y su cama de matrimonio y el cuarto de baño en el que, recordaba Aristu, se ducharon luego tumultuosamente juntos, y las toallas que habían sido no mucho tiempo atrás un regalo de bodas, y las sábanas con sus iniciales bordadas por las monjas de un convento cercano, revueltas y estrujadas con una furia que hasta entonces no había sacudido nunca los muelles de aquella cama, o al menos ella ahora prefería no recordarlo, borrando todo lo que estuviera más allá de aquel momento, complaciéndose en recordar con él, los dos de nuevo apaciguados, más fatigados todavía, más juntos, el uno contra el otro, murmurando en la codiciosa cercanía, rememorando los tiempos en que se conocieron y cada una de las ocasiones que habían perdido o desperdiciado a lo largo de los años, pudores enfermizos, señales que se enviaban el uno al otro y que no eran advertidas, entusiasmos estéticos alimentados en el fondo por la urgencia del deseo y disipados o malogrados por falta de un solo gesto, una palabra, una mano que hubiera debido extenderse en la oscuridad de un cine o de una sala de conciertos para estrechar la otra, que se había adelantado y acercado y estaba esperando, todo lo siempre contenido que ahora se desbordaba, y revivía incandescente, alimentado por su propia efusión, haciéndoles verse el uno al otro como nunca antes se habían conocido, «y estaban desnudos y no se avergonzaban», le gustaba recitar a él citando el Génesis muchos años después, cuando el recuerdo de aquella noche, que durante largo tiempo se había ido desdibujando, empezó a volver de manera intermitente a su memoria, unas veces en la plena consciencia, y otras a través del filtro submarino de los sueños, en despertares en mitad de la noche en que abría los ojos en la oscuridad sobrecogido de agradecimiento por aquel regalo que él no había hecho nada por merecer y que fácilmente podría no haber recibido, si no se hubiera despertado justo en ese momento, o si la química voluble de la memoria de los sueños se lo hubiera borrado nada más abrir los ojos, una desdicha y una pérdida que le habrían sucedido muchas veces sin que él llegara a saberlo, sonámbulo en su propia vida, a los setenta y tantos años igual que a los veintitantos, llevado y traído no por sus propios impulsos verdaderos, sino por designios y expectativas de otros, por corrientes impersonales y azarosas de las que no tuvo conciencia mientras lo empujaban de Madrid a Londres y luego a Washington y a Nueva York y ahora de nuevo a Madrid, como esos salmones que vuelven al punto exacto del río en que nacieron después de atravesar dos veces un océano, con un grado parecido de control consciente sobre sus itinerarios, dijo con una breve risa seca, que no llegó a suavizar los rasgos severos de su cara española, que Adriana Zuber acababa de tocar como queriendo confirmar con el recuerdo del tacto el de la mirada, con el gesto idéntico de cincuenta años atrás, aunque sus dedos estaban ahora desfigurados y torcidos, no tanto que él no los reconociera, los dedos muy delgados con sus cortas uñas infantiles, pintadas de un rojo fuerte como para desmentir con gallardía la enfermedad y la vejez, tocando su cara como la habría tocado si estuviera ciega, aunque sus ojos preservaban la misma claridad, la expresión atenta y temeraria, el fuego de esmeralda de entonces, que no eran lo único que permanecía intacto, también el brillo liso de su piel, la forma de su boca y de su sonrisa, la delicadeza ósea de la barbilla y los pómulos, y quizás la voz, tan joven como los ojos, solo que de la voz no estaba seguro de acordarse, y pocas veces la había escuchado en los sueños, en los que tantas veces había vivido un momento parecido a este, o exactamente igual, un momento que era a la vez de recuerdo y de vaticinio, que lo devolvía al pasado lejano y le ofrecía una sugestión exaltada de realidad y presente, de remordimiento y esperanza, porque regresaba caudalosamente la belleza y la vergüenza de entonces y curaba la herida del tiempo, el desgarro nunca cicatrizado de cincuenta años atrás, casi ayer mismo, cuando Adriana Zuber, en un momento tardío de aquella noche a la vez fugaz y separada del tiempo, interrumpió la conversación sosegada y desfallecida que sostenían, los dos ya tocados de una somnolencia que no podían permitirse, y se irguió sobre él, el pelo encima de la cara, en la penumbra en la que brillaban sus ojos y sus labios, y le dijo de golpe, sus pechos moviéndose tan cerca de él que habría podido besarlos, «llévame contigo, pídeme que me vaya mañana contigo y hago la maleta ahora mismo y lo dejo todo», arrodillada ahora sobre él, abarcando su cintura entre los muslos abiertos, tomándole la cara entre las manos, las yemas de los dedos en los pómulos y en las sienes de él, como queriendo moverle la cabeza en un gesto afirmativo que él no hizo, igual que no dijo ninguna palabra, y apartó los ojos aunque no pudiera ladear la cara que ella sujetaba, asustado de repente, inerte ahora bajo la presión de los muslos y el roce del vello púbico de ella, que no tardó ni un instante en comprender ese silencio, esa inmovilidad ahora refractaria a la pulsación sensitiva con que ella lo apretaba con sus muslos muy abiertos, un poco antes de apartarse de él como si lo descabalgara, y de seguir mirándolo sin apartar en ningún momento sus ojos fulgurantes, que él no lograba eludir, aunque hubiera dejado momentáneamente de ser vulnerable a su hipnotismo, ahora que Adriana Zuber, sentada en la cama, en la que él aún no se había incorporado, aunque volvía a remorderlo la inquietud de que fuera ya muy tarde, le dijo, preguntando y a la vez afirmando, «no vas a llevarme contigo, a que no, te vas a ir a ese trabajo tuyo de farsante y no vas a volver, me vas a escribir al principio diciéndome que te acuerdas de mí y me echas de menos pero luego vas a dejar de escribirme, y yo no te voy a esperar, ni voy a romper con todo para irme contigo, y vamos a tener cada uno una vida en un lado del mundo», hablándole sin levantar en ningún momento la voz, cerrándole los labios con el dedo índice cuando él quiso débilmente llevarle la contraria, antes de vestirse en silencio y de mirar el reloj de la mesa de noche, calculando las horas que tenía por delante hasta el viaje, saliendo con la cabeza baja y una sonrisa débil, mirando por última vez la habitación donde aún estaban las copas a medio terminar del principio lejano de la noche, y en la que se vio ahora, cincuenta años después, como si abriera los ojos en el interior de un sueño, uno de aquellos en los que estaba seguro de encontrarse despierto, y en los que le decía a Adriana lo mismo que ahora acababa de decirle, con la desconfianza entristecida de quien ha sufrido el mismo engaño muchas veces, «Si estoy contigo es que esto es un sueño, aunque no lo parezca, y me voy a despertar en mi casa de Nueva York ahora mismo, y este momento tan verdadero que es la cima de mi vida no habrá existido».

II

Era la primera vez que Gabriel Aristu se retrasaba en una cita conmigo. También era la primera vez que íbamos a comer juntos no en Washington ni en Nueva York sino en Madrid, donde yo estaba pasando una temporada, dando un curso en el Prado. Contra su costumbre de anticiparlo mucho todo, Aristu me había escrito desde Ginebra, diciéndome con cierto misterio que se iba a escapar uno o dos días de su «penitencia profesional» y que si yo estaba libre en un plazo tan breve le encantaría invitarme en Madrid a uno de nuestros almuerzos. El restaurante siempre lo elegía él. Aristu practicaba una puntualidad inflexible de europeo del sur que vive entre anglosajones y se empeña en desmentir con sus actos los lugares comunes y los prejuicios a través de los cuales sabe que va a ser juzgado, con o sin condescendencia. Nuestra amistad, si se la pudiera llamar así, se había ido haciendo a lo largo de los años mediante citas tempranas y siempre exactas y en almuerzos de conversación rica y fluida, que terminaban a las dos horas justas de haber comenzado, con una precisión en la que había algo de instintivo y de prefijado. Aristu no necesitaba la descortesía de mirar con disimulo el reloj, y yo no me sentía con autoridad para dar por terminado el encuentro, y me faltaba la habilidad americana para fingir que estaba agobiado por obligaciones y citas, mostrando así mi empuje o el valor de mi tiempo. Aristu elegía lugares solventes y discretos, no muy caros y casi siempre franceses, con buena carta de vinos por copas —nunca llegamos a compartir una botella— y condiciones acústicas favorables a la conversación. Incluso después de haberse jubilado, era un hombre de compromisos enigmáticos, confidenciales y en ocasiones secretos. Más de una vez yo lo había visto, entre los invitados a una recepción, apartarse tomando a alguien del brazo, las dos cabezas inclinadas y atentas, o decir cosas en el teléfono mirando de soslayo. Pero cuando nos sentábamos a solas a comer no interrumpió nunca la conversación o el disfrute de la comida y del vino para responder a una llamada. Me acercaba al restaurante con mucha antelación, para asegurarme de llegar a la hora fijada, incluso con la esperanza de adelantarme. Pero él ya estaba siempre allí, a veces examinando la pantalla con expresión severa mientras me esperaba, y en cuanto me veía apagaba el teléfono y lo guardaba rápido como para no dejar rastro de una posible incorrección. Volvería a encenderlo una vez que se hubiera alejado de mí, cuando regresaba despacio a su casa por las calles laterales del Upper East Side, que según me dijo le recordaban por su quietud a las del barrio de Salamanca. Nos despedíamos y al verlo caminar solo por esas calles de Nueva York me parecía que su diferencia con los otros transeúntes era la calma antigua de sus pasos, más evidente para mí cuando en lugar de separarnos al salir del restaurante caminábamos juntos un rato, quizás porque él me acompañaba al metro o porque hacía buen tiempo y no queríamos interrumpir una conversación tan sabrosa, en la que cabían casi todos los asuntos de la vida, de la política, de la literatura, de la música, todos salvo los muy personales, hasta las últimas veces. Gabriel Aristu andaba más despacio que yo, no porque fuera casi veinte años mayor, sino porque había adquirido de joven el hábito de las conversaciones caminadas, propio tal vez de las capitales de provincia españolas, como era el Madrid de sus recuerdos. Siempre había un momento en que se paraba para recalcar algo que estaba diciéndome, o para subrayar con su inmovilidad una expectativa, o esperar la respuesta a una pregunta difícil. Neoyorquinos impacientes se hacían a un lado en sus implacables trayectorias, y parecían a punto de atropellarnos, haciéndonos saber con gestos y hasta con insultos en voz baja que les estábamos entorpeciendo la vida.

Por reserva o simple torpeza masculina, nuestras conversaciones rara vez tocaban asuntos personales. Había tantas cosas que discutir cada vez que nos veíamos que ni siquiera sentíamos la necesidad de la confidencia. Cuando Gabriel Aristu asistió, como miembro prominente del *advisory board*, a la recepción del centro de estudios hispánicos de la Universidad de Virginia en el que nos conocimos, traía a su lado a una mujer de madurez resplandeciente, Constance, o Connie, con quien había celebrado poco tiempo atrás sus bodas de plata, según me contó ella con la alegría un poco burlona o despegada con que lo contaba todo, con una muy medida y muy eficaz franqueza americana. Yo llevaba apenas dos semanas en Estados Unidos, y aún no se me había disipado la euforia de los primeros días, hecha de una mezcla —de efecto tan incontrolado como el de un cóctel— entre el alivio inmenso de estar lejos de todo lo que había dejado en España y la riqueza de sensaciones y descubrimientos del que acaba de llegar. Ahora es embarazoso reconocerlo, y hasta recordarlo. Mi disculpa es que ese mismo estado de euforia me lo han confesado otros viajeros que iban a seguir después un camino parecido al mío hacia la resignación o el desengaño, incluso la sospecha, la certeza, de que se habían equivocado de vida al quedarse y no volver. Recién llegado al país, y para mi gran asombro, no había nada que no mereciera mi aprobación inmediata y entusiasta, mi exaltado papanatismo. Por gustarme me gustaba hasta el logo de la compañía en la que volé de Madrid a Washington, United, y también el avión, aunque viajara en turista, y el olor y el sabor de las comidas sintéticas que nos ofrecían unas azafatas amables, casi maternales por su avanzada edad. Me exaltaba y me daba miedo el paisaje de bosques, marismas, estuarios de ríos inmensos, sobre el que se inclinaba el ala derecha del avión según descendía para el aterrizaje, la visión lejana, al final de una llanura, de la cúpula blanca del Capitolio, y el río que alguien a mi lado nombró acentuando la bella palabra *Potomac* no en la tercera sílaba, como yo suponía, sino en la segunda. El mundo real se parecía exactamente al cine. El cielo estaba limpio en una tarde de enero que llevaba durando muchas horas. En el horizonte plano se dilataba el gran incendio del poniente. Estaba impaciente por llegar y estaba muerto de miedo. Venía convaleciente de un divorcio brutal y del recuerdo de mi hija diciéndome en el teléfono, con un tono de fría dureza que desfiguraba su voz infantil, que era la última vez que hablaba conmigo y que no iba a verme nunca más, «en toda mi vida», dijo, con una truculencia de palabras prestadas.

Yo no podía imaginar entonces que aquella promesa fuera a cumplirse, que pasarían los años y esa voz de niña se haría adulta y yo no podría reconocerla si la hubiera escuchado. Ahora no sé cómo es la voz de mi hija. Tampoco sé cómo es su cara. No quiero buscarla en ninguna red social para no morirme de tristeza. Hace años que no sé dónde vive y por lo tanto no puedo ni siquiera mandarle las postales que elegía para ella en los primeros tiempos de Virginia y le enviaba sin poder aceptar que nunca diera señales de que las había recibido. Después del control de pasaportes y la recogida del equipaje, trámites mucho más livianos en aquellos tiempos anteriores al 11 de Septiembre, fui hacia la salida en un río de pasajeros compuesto en su mayor parte por el séquito de tocados multicolores y túnicas flotantes de un alto dignatario africano. El profesor Bersett, que había venido a recogerme, agitaba un cartel con mi nombre alzando los brazos muy largos sobre una multitud de conciudadanos fervorosos del dignatario recién aterrizado. Esa misma tarde llegaba a Washington, en una caravana igualmente festiva desde Monticello, el recién elegido presidente Bill Clinton. El discurso de su toma de posesión lo vi en directo unos días después en una pantalla de gran tamaño instalada en uno de los salones imponentes de la universidad, rodeado de profesores y estudiantes que aplaudían, vitoreaban y silbaban, con un entusiasmo algo cándido de acontecimiento deportivo, modestamente orgulloso de estar comprendiéndolo casi todo. Me gustaba que el presidente fuera tan joven y estuviera recién llegado al cargo, y mi enconado antiamericanismo de izquierdista español se disolvía como un grumo insustancial de prejuicios inútiles. La sensación de fraude inmenso de mi vida y el trauma del divorcio —digo trauma en el sentido literal y físico de la palabra, como el de un accidente que deja fracturado el cráneo, un martillazo, un choque de frente en una carretera— en modo alguno desaparecían, ni se debilitaban, pero quedaban en suspenso, hasta por momentos parecían cesar en su mordedura. El amor por mi hija permanecía tan intacto que mi única pena con respecto a ella era la añoranza, que tendría sin duda, daba yo por supuesto, un alivio rápido de cartas y llamadas, y que en cualquier caso terminaría cuando terminara el semestre y yo volviera a España, en una fecha que entonces parecía lejana, y hasta improbable, pero que ya estaba indicada en mi billete de regreso.

Los espacios interiores por los que me llevó el profesor Bersett camino del aparcamiento me parecieron espléndidos. El coche del profesor Bersett era un todoterreno de volumen desmedido que mereció toda mi admiración. Por primera vez en mi vida, y no sin sobresalto, vi un cinturón de seguridad que se ajustaba automáticamente. Los espejos exteriores eran más grandes que los de los coches en España. La autopista en la que desembocamos era de una amplitud amazónica. A los dos lados se extendían bosques de altos árboles invernales que el atardecer sumergía en una sombra grisácea, más espesa según se alejaban hacia un horizonte de colinas. Al hacerse de noche la autopista estaba muy iluminada y la oscuridad de los bosques se hacía impenetrable. Era el impacto del cambio de escala para un europeo del sur, lo desmedido, lo expansivo, lo desorbitado de América. Sin ningún remordimiento empecé a decir «América» y no «Estados Unidos», yo que en mi primera juventud había dicho despectivamente «Gringolandia». En los paneles indicadores del tráfico, muy altos sobre poderosas armazones metálicas, iluminados dramáticamente desde abajo, se dibujaban en letras blancas sobre fondo verde nombres exóticos de lugares, números de carreteras, cifras de distancias en millas, un continente entero abriéndose delante de mí. Rótulos luminosos de marcas de comida rápida y cadenas de hoteles flotaban muy altos en la lejanía, los arcos amarillos de McDonald's, la campana de Taco Bell, muchos otros que yo aún no conocía, Ruby Tuesday, KFC, Holiday Inn, Howard Johnson's. La falta de sueño y el cambio de hora lo volvían todo mucho más irreal. El profesor Bersett me hablaba en inglés mientras conducía y yo lo miraba muy atento en la penumbra creciente, con la sonrisa débil del que no está enterándose de casi nada.

Paramos a comprar algo en un supermercado gigante, el primer Walmart de mi vida. Su inmensidad me pareció desoladora, aunque también novelesca, o más bien cinematográfica, las pirámides monumentales de papel higiénico o de bidones de cloro para piscinas, los pasillos de linóleo brillante como caminos entre los desfiladeros de las estanterías, al fondo de los cuales de vez en cuando se entreveía a una persona sola y muy gorda empujando un carrito de compra. Me extravié sin darme cuenta y me vi delante de una pared de muchos metros de altura en la que colgaban por todas partes enormes juguetes bélicos de extraña verosimilitud, todos ellos envueltos en fundas de plástico que se ajustaban a sus formas y exageraban su brillo bajo las potentes luces de neón que iluminaban el almacén entero como el interior de un ilimitado frigorífico: pistolas, fusiles ametralladores, fusiles de caza con mira telescópica. Al mirar más cerca, con un escalofrío, me di cuenta de que eran armas de verdad. El profesor Bersett me explicó después que podían comprarse con la misma facilidad que una bicicleta o una tostadora. A lo largo de un tramo de autopista me fue señalando edificios de techo bajo y letreros caligráficos que eran tiendas de venta de armas, y me pidió que prestara atención a un petardeo intermitente como de fuegos artificiales en una noche de verano. Eran los clientes probando sus armas en las galerías de tiro. «*Welcome to America*», dijo, no supe si con sarcasmo o con fatalismo, un poco antes de tomar un desvío, en la noche helada de invierno, bajo un cielo de una amplitud que yo no había visto nunca, negro de tinta y resplandeciente de constelaciones: me sobrecogió más porque apareció de pronto, sin preludio, delante de nosotros, como aparecían y cambiaban tantas cosas en América, apenas habíamos abandonado la autopista y nos adentrábamos en la espesura de un bosque de árboles desnudos y muy altos, iluminados en abanico por los faros del coche. Entre ellos surgía, de vez en cuando, siempre como alejada y escondida, alguna casa con una luz encendida en una ventana o en el porche. Era como soñar que se estaba en ese bosque y se avanzaba de noche hacia la luz de una casa después de muchas horas de viaje, como estar viendo una ilustración en un cuento.

A mi hija, desde los tres o cuatro años, le impresionaban tanto las ilustraciones de los cuentos que yo le leía antes de dormir que luego soñaba con ellas. Una noche que tenía fiebre y sin embargo no quería renunciar a su cuento le estuve leyendo el *Pinocho* ilustrado por Innocenti. Había una imagen de ún hombre malvado de barbas enormes que estaba sentado delante de una gran hoguera. La claridad rojiza del fuego le alumbraba desde abajo la cara barbuda, los ojos desorbitados, la risa malévola. Al dormirse mi hija soñó que estaba junto a esa hoguera, y que el hombre de las barbas la empujaba hacia ella. El calor de la fiebre se convertía en el de las llamas tan cerca de su cara.

Llegamos a lo que parecía un claro en el bosque y el profesor Bersett detuvo su coche formidable junto a una hilera indefinida de casas de ladrillo, de dos o tres pisos, escalonadas en una ladera. En una de ellas iba yo a pasar los próximos meses, el semestre hipócritamente llamado de primavera, que iba a ser sobre todo invierno crudo y luego, de golpe, verano lujuriante de un calor tan irrespirable como en una región pantanosa del trópico. En cuanto el profesor Bersett abrió la puerta y encendió las luces de mi apartamento, todo lo que vi me pareció de nuevo admirable, sólido, un poco agigantado, lo mismo el televisor que los armarios, las ventanas, la cama, la bañera, el teléfono, uno de aquellos contundentes teléfonos americanos de entonces, cúbicos, pesados, como tallados en una materia muy dura y resistente. En la nevera monumental el profesor Bersett había guardado previsoramente alimentos y bebidas, incluyendo una botella de rioja y un plato precocinado de la marca Lean Cuisine, a la que por cierto me aficioné o me resigné bastante aquellos meses. Expeditivamente, aunque con gran claridad pedagógica, solo malograda en parte por mi limitada comprensión del idioma, el profesor Bersett me explicó el funcionamiento de los aparatos y se despidió hasta la mañana siguiente, dejándome solo en mi primera noche americana, confuso, exaltado, calculando todavía con dificultad la diferencia horaria con España, las seis horas del tiempo adelantado en el que ahora vivía mi hija, que en aquel momento estaría dormida, en un cuarto que yo aún podía rememorar con todo detalle, porque muchas de las cosas que había en él las había elegido yo mismo. Al salir del coche me había recibido un viento seco y helado con un olor profundo a bosque. Ahora caía en la cuenta de que la calefacción del apartamento era tan tórrida que me oprimía las sienes y me mareaba, y de que no era capaz de bajarla porque no había entendido las instrucciones del profesor Bersett sobre el termostato.

Abrí un poco la ventana y una cuchilla de aire helado atravesó la habitación. Había caído sobre mí un silencio abismal. El bosque empezaba a unos pocos metros de la ventana tras la que yo permanecía tan inmóvil como un hipnotizado. Si ponía la mano en el cristal, el calor irrespirable de la habitación se convertía en hielo. El profesor Bersett se había ido hacía un rato pero yo permanecía en pie, y no había tocado las maletas, que seguían en el suelo, como si en el fondo de mi conciencia aún no creyera que había llegado, que iba a vivir allí, que tenía que empezar a instalarme, a poner las sábanas en la cama, mis cosas de aseo en el cuarto de baño, mi ropa en el armario. Estaba en el apartamento que iba a ser mi casa como en la sala de tránsito de un aeropuerto. Las ventanas daban por un lado al bosque y por otro a un aparcamiento. No imaginaba cuántas horas iba a pasar mirando ese paisaje, de pie muchas veces, en un silencio y una soledad que borraban la noción del tiempo, o sentado en el hondo sillón giratorio de brazos y espaldar de cuero muy gastado que iba a ser para mí como una madriguera en el interior de otra madriguera, orientándolo hacia el arcaico televisor, en noches de insomnio en las que no paraba de ver películas en blanco y negro, oscuros westerns y *thrillers* de serie B de los años cuarenta, con personajes de una solemnidad estática, como figuras en los frescos de Giotto, programados por las cadenas a unas horas que aseguraban la perduración de su olvido, su extraña condición de obras maestras menores y secretas. Era el cansancio extremo lo que me mantenía en pie aquella primera noche, incapaz de dar el siguiente paso en mi llegada, abrir la maleta, sacar al menos la bolsa de aseo, lavarme los dientes y meterme en la cama. Se me cerraban los ojos y notaba la presión del mareo en las sienes. Los abrí de golpe, después de unos minutos o segundos de sueño, extrañando la cama enorme y la habitación en la que me encontraba, que se habían borrado de mi memoria cuando me quedé dormido. Me aceleraba el corazón la sospecha de que en aquella soledad alguien me miraba. La ventana sin cortinas del dormitorio tenía el tamaño desproporcionado que se ve en algunos cuadros de Edward Hopper. Al otro lado, a unos pasos de mí, en la zona asfaltada que separaba la casa del bosque, un ciervo o un venado de cuello erguido y enorme y cornamenta arbórea me estaba observando, y sus grandes ojos atentos brillaban en la oscuridad.

Miraba de nuevo el reloj en el restaurante, muy extrañado y ya casi alarmado de que Gabriel Aristu no apareciera, y me acordaba de aquellos primeros tiempos en Virginia, tan lejanos ahora, de la cena que organizó en su honor el *chairman* del Centro Hispánico, en uno de los salones coloniales de la universidad, por los que yo aún me movía furtivamente, algo inseguro de mi derecho a formar parte de aquella magnificencia, los techos tan altos, las columnatas helénicas, diseñadas personalmente por Thomas Jefferson, los arces y los robles del campus tan imponentes como ellas, los parquets relucientes, que crujían tan lujosamente bajo mis pasos como bajo los de aquellos pioneros ilustrados, aunque también esclavistas, del siglo XVIII, los muros granate adornados con galerías de retratos de próceres, con pelucas empolvadas primero y luego con levitas negras y rígidos cuellos blancos, los sillones de cuero del Faculty Club en los que yo no acababa de sentarme a mis anchas, a pesar de la opulencia de los respaldos y los brazos, noblemente rozados, casi bruñidos, por los codos de generaciones de profesores eminentes, que se sentarían delante de aquellas chimeneas de repisas monumentales en las que ardían fuegos de abundante leña perfumada, leyendo volúmenes de gran erudición académica y periódicos de letra tupida y hojas tan anchas que los brazos se cansaban de mantenerlas desplegadas, a pesar del bastidor antiguo de madera que las sujetaba, como en un café de Viena o Berlín en tiempos austrohúngaros. En esa época, los primeros inocentes noventa, aún no había controles de seguridad en los accesos a todos los edificios, ni arcos detectores de metales ni tarjetas magnéticas que abrieran puertas de otro modo inaccesibles, y menos aún guardias uniformados y armados que lo sometieran a uno a un escrutinio amenazante de oficial de Inmigración o funcionario de prisiones. Gracias a los buenos oficios de Gabriel Aristu, el banco de Washington en el que era directivo, dedicado a financiar proyectos de desarrollo en América Latina, había costeado la cátedra de artes plásticas en la que yo iba a ser profesor visitante, salvándome provisionalmente de la ruina del divorcio y ofreciéndome una coartada y un camino de huida. Me habían dicho que la cena iba a ser una *black tie occasion*. Por mi aturdimiento de aquellos días y mis dificultades con el idioma tardé en comprender las exigencias indumentarias que implicaba ese término. Tampoco sabía el sentido exacto de la extraña palabra *tuxedo*. Gabriel Aristu llevaba el suyo con una desenvoltura impecable, sin duda relacionada, además de con su costumbre de vestirlo, con la solvencia del sastre de Washington D.C. que se lo habría hecho a medida. Cuando nos presentaron, en el cóctel previo a la cena, sin duda le bastó un vistazo para darse cuenta de que el mío era alquilado, y además en el último momento, en la tienda menesterosa de alquiler de uniformes y disfraces a la que me llevó el profesor Bersett a una velocidad casi de ambulancia de urgencias, en un apartado *strip mall* con la mitad de los negocios en quiebra, salvo unos cuantos de venta de licores, cuando se dio cuenta de que faltaban dos horas para el comienzo del acto y yo no me había molestado en indagar el significado inexcusable de términos como *black tie* y *tuxedo*.

Aquellas primeras semanas el afable profesor Bersett vivió por culpa mía en un estado de alarma permanente. Fuera a pie o en mi coche de segunda mano, recién comprado a un precio irrisorio, yo solía perderme lo mismo por las carreteras suburbanas de Charlottesville que por los corredores y los senderos de la universidad. Llegaba tarde a las citas o directamente no aparecía, o me equivocaba en la hora de mi clase o en el número del aula donde tenía que darla, o no encontraba las diapositivas de pintores barrocos de segunda fila a los que absurdamente dedicaba una parte de mi vida. Todo era un laberinto para mí: los cuadriláteros y los edificios del campus, con su espléndida monotonía de columnas y frontones neoclásicos, las profundidades numeradas y alfabéticas de la biblioteca, que se dilataba por corredores húmedos y cubículos monacales bajo tierra, la topografía de la ciudad dispersa entre bosques y cruces de autopistas, centros comerciales, aparcamientos como altiplanos desolados, presuntas calles que al cabo de unos pocos edificios más o menos alineados derivaban en carreteras más confusas aún porque en todas ellas se repetían los mismos nombres de marcas en los letreros luminosos, las mismas gasolineras, moteles, tiendas de venta de armas con neones de fusiles que disparaban ráfagas multicolores contra la negrura de la noche.

Nervioso como estaba en aquella primera recepción, el cuello muy apretado por el lazo de la pajarita, sudando por efecto de la calefacción excesiva y el espesor de la tela de mi *tuxedo*, que ya olía a sudor antiguo cuando me lo probé, encontrarme sentado junto a Gabriel Aristu y conversar con él en español me serenó. Había algo en él que intimidaba, cuando estaba de pie y lo examinaba a uno en el momento de la presentación, discretamente pero de arriba abajo, con una sola mirada suficiente. Pero también había en él una sobriedad facial que contrastaba mucho con los gestos móviles de las personas que lo rodeaban, igual que su voz severa, lo mismo en español que en inglés, se distinguía de las otras voces agudas, enfáticas, teatrales, entusiastas, tan esforzadamente joviales. Verlo en medio de las caras gesticulantes y encendidas esa noche, y en otras en las que fui coincidiendo con él a lo largo de los años, era como encontrar un retrato español en un museo de otro país, en el Louvre, el Metropolitan, la National Gallery: una sobriedad repentina, expresiva y al mismo tiempo reservada, un exceso de palidez o una piel más morena, y siempre unos ojos más oscuros y más intensos que los de cualquier otro retrato en la sala, o en todo el museo.

A causa de mi trabajo, con cierta frecuencia he tenido trato con hombres —casi siempre son hombres— de mucho dinero, coleccionistas o patronos, o esos ricos sin otra cualificación que rondan las salas de subastas, los patronatos honoríficos. Lo que tienen todos en común es que se les ve siempre algo distraídos, como pensando en otra cosa, algo más importante y más urgente que lo que tienen ahora mismo entre manos. Miran, sonríen, asienten, estrechan la mano con un exceso postizo de energía, o con una inesperada blandura, pero la mirada se les queda absorta en algo o alguien que no es la persona que tienen delante, y al saludar o conversar miran sin disimulo de soslayo, sin sosiego, como temiendo estar perdiéndose a alguien más importante, a quien les sería más útil dedicar una fracción valiosa de su tiempo. Lo llamativo de Aristu era la certeza que desprendía de estar plenamente donde estaba: firme en su silla de ceremonioso respaldo, desplegando con un gesto rápido la servilleta antes de ponérsela sobre las rodillas, vigilando, al poner los codos en la mesa, que los puños de la camisa sobresalieran lo justo, tomando un primer sorbo reflexivo de la copa de rioja que nos habían servido, sobrevolando con una mirada el comedor entero y por fin concentrándose en mí, su único compatriota en aquella populosa reunión —compatriota al menos de origen, ya que él, Aristu, poseía desde mucho tiempo atrás la nacionalidad americana, y no estaba muy al tanto de la vida ni de la política españolas, me dijo—. Por eso quería aprovechar que me tenía a su lado para que yo le contara: cómo era ahora la vida en España, y más exactamente en Madrid, su ciudad natal, que ahora visitaba de vez en cuando casi como un turista, aunque su madre seguía viviendo allí, en la misma casa que él conoció de niño, y de la que se marchó para venir a Estados Unidos: «Cuando Franco estaba vivo y parecía que el Régimen no iba a terminar nunca, cuando las mujeres todavía llevaban velo al entrar a la iglesia y el tráfico podía quedar detenido en la carretera del aeropuerto porque estaba cruzando un rebaño de ovejas, como si fueran todavía los tiempos de la Mesta».

Quería saber cosas concretas: cómo era dar clase en una universidad, cómo era la gente joven, cuántas parejas se casaban por lo civil y cuántas por la Iglesia, cuántas se divorciaban. Me dio la impresión de que aún se sorprendía de que hubiera divorcio en España. Me preguntaba por lugares de Madrid que yo no había oído nombrar nunca, o que me sonaban por los libros. Y tenía una curiosidad meticulosa por mi vida, por lo que hubiera en ella de ejemplo sociológico, el testimonio personal de cambios a los que él no había asistido: cómo era estudiar con becas, llegar a la universidad desde un mundo rural atrasado, dónde había yo ampliado estudios en el extranjero, dónde había aprendido inglés.

En mi ya larga y en general poco alentadora experiencia, pocas personas se interesan de verdad por la vida o por las opiniones de quien tienen al lado (y más concretamente por las mías). Gabriel Aristu parecía querer saberlo siempre todo. En aquel primer encuentro y otros que siguieron, ya en Washington, cuando yo aprovechaba algún fin de semana para buscar un respiro fuera de la universidad y del confinamiento de Charlottesville, al fin y al cabo una ciudad pequeña del Sur, mostró un particular interés por mis primeras impresiones del país: en qué me había fijado, no cosas generales sino detalles menores y significativos, en qué se parecía lo que estaba descubriendo a lo que había imaginado o visto en el cine, qué era lo más raro o más desconcertante de lo que veía, de lo que me contaban, las impresiones frescas, todavía no modificadas por la memoria, no anestesiadas por la costumbre.

Pero yo en esa época solo tenía aún imágenes y sensaciones inconexas, que no llegaban a organizarse en un todo coherente: fogonazos de cosas, instantes de maravilla o desolación: unas veces una naturaleza sobrecogedora y otras una desalmada civilización de autopistas y centros comerciales; ríos tumultuosos de espuma y ríos de tráfico; olores profundos de bosque y un momento después de grasa quemada y comida basura; la amabilidad jovial de las personas a las que me presentaban en las oficinas y la soledad sin alivio de los fines de semana en los que no hablaba con nadie ni sonaba el teléfono, y me pasaba las horas en el sillón giratorio, unas veces orientado hacia el televisor, otras hacia el ventanal panorámico donde asistía hechizado a los diluvios de muchas horas y a los rumores del bosque y también a las mayores nevadas que había visto yo en mi vida, el mundo entero sumergido en blancura y silencio, más denso todavía en el interior muy caldeado del apartamento. Ahora ya no es posible aquella sensación de absoluta lejanía, que solo remediaban las cartas y las llamadas muy caras de teléfono fijo. Pero las cartas con membrete de la universidad y las postales que yo enviaba a mi hija en España no tenían respuesta y el número que marcaba una y otra vez en aquel teléfono compacto daba una señal de llamada que se repetía hipnóticamente en vano y luego quedaba interrumpida. Unas veces, en el departamento, en las aulas, me daba la impresión de que no había estado nunca en un lugar donde tanta gente se alegrara de verme y otras de que podía caerme muerto y nadie se pararía a mirar mi cadáver.

«Pienso algo y al cabo de un rato pienso lo contrario —le dije a Aristu, quizás hablando en exceso, por culpa del vino y de la falta de hábito de explayarme en mi idioma—. Es como el inglés. Me parece que lo entiendo todo de golpe y me pongo contento y un momento después no entiendo nada y me quedo en blanco cuando quiero decir la cosa más simple.» Desde el otro lado de la mesa, Constance me preguntó si había traído a mi familia conmigo. Quizás yo tardé un poco en contestarle, porque había mucho ruido de conversaciones cruzadas, o no supe qué decir, y se me puso esa sonrisa que era tan frecuente entonces, de educado asentimiento y completo despiste. Dije que no, añadiendo una torpe explicación embustera, y me dio la sensación de que Aristu advertía mi aprieto y tomaba nota de él, aunque pasara ágilmente a otro tema, con una soltura de diplomático navegando una conversación trivial. Me habló de su primera llegada, en vísperas del verano de 1967, «en plena explosión de la contracultura», hacía ya la friolera de veintiséis años. Esa expresión, «la friolera», era uno de los indicios de un español que se le había quedado algo anacrónico, como su acento formal de Madrid y sus modales, que no iban a variar conmigo cuando se afianzara la amistad. Que Gabriel Aristu hubiera vivido en San Francisco y en Los Ángeles en los veranos del 67 y el 68 parecía una incongruencia, porque ni siquiera en su juventud podía uno imaginarlo con un aspecto distinto, en alguna medida acorde con aquellos tiempos. «La primera vez que lo vi me pareció un empleado de funeraria», dijo Constance, con una carcajada, sin duda también animada por el rioja de la cena. Dijo *«undertaker»*, y yo hice el esfuerzo de memorizar la palabra y de buscarla en el diccionario en cuanto volví al apartamento. En Washington, y luego en Nueva York, en los vestíbulos del Kennedy Center o del Lincoln Center, o en uno de esos clubes privados a los que me invitaba —asegurándose siempre con antelación de que no me olvidaba de la exigencia de chaqueta y corbata—, Gabriel Aristu tenía siempre un aspecto invariable de notario o registrador español, de alto funcionario ocupado en tareas graves y a la vez indefinidas. Alguna vez, cuando dábamos un paseo, nos veía juntos en la luna de un escaparate y me sorprendía la incoherencia de nuestras dos figuras. Que nos hiciéramos amigos era tan improbable como que cada uno acabara recibiendo las confidencias más secretas del otro, rompiendo yo mi timidez y mi vergüenza y él su reserva, su hábito de presentar a los demás un personaje tan elaborado, tan convincente, que él mismo acababa confundiéndolo con su verdadera identidad.

Una vez, cuando era muy joven, estuve a punto de matarme en un accidente. Toda esta vida que he tenido pudo quedar cancelada un poco antes de llegar a los dieciocho años. Mi hija ahora invisible y desconocida para mí no estaría en el mundo. Iba con dos amigos en el coche del padre de uno de ellos. Pude haber conducido yo o pude haberme sentado delante junto al que conducía. En los dos casos habría muerto instantáneamente, como murieron ellos, cuando el coche chocó de frente con un camión que adelantaba a otro a la salida de una curva, un poco antes del amanecer. Yo iba dormido en el asiento de atrás. Me despertaron el frenazo violento y el grito de uno de mis amigos: «Nos vamos a matar». Abrí los ojos y me los cegaron los faros del camión, que ocupaban monstruosamente todo el campo visual. Estuve seguro de que iba a morir. Todo duró unos segundos. Sentí terror y un instante después sentí una calma perfecta, una aceptación tranquila y melancólica, al pensar en la tristeza que les quedaría para siempre a mis padres. En la mochila, entre las piernas, llevaba un sobre con seis billetes de mil pesetas que mi padre, con gran quebranto de su limitada economía, me había dado para pagar la matrícula de la universidad y el primer mes de la pensión en Madrid. Pensé con pena y remordimiento que ese dinero iba a arder cuando el depósito del coche estallara en una gran llamarada. En el momento del choque el mundo se contrajo. No recuerdo el crujido de los metales triturados. Ahora delante de mí solo había oscuridad. La calma melancólica se transformó en una urgencia furiosa de sobrevivir, en el estupor y la ebriedad de estar vivo. Empujé la puerta con todo mi cuerpo y logré salir arrastrándome sobre las rodillas y las palmas de las manos al aire helado del amanecer. Pensaba, me decía a mí mismo, como si me oyera hablar en voz alta: «Se va a incendiar el coche. Va a explotar el depósito. Tengo que alejarme». En la radio del coche seguía sonando la misma canción que yo oía medio en sueños antes del choque: *ABC*, de The Jackson 5. Era muy popular ese verano. Mis dos amigos estaban sepultados en los asientos delanteros. Solo pudieron sacarlos cuando vino una grúa y levantaron con ella el techo aplastado del coche. Había cristales rotos y coágulos de sangre por todas partes. En el último momento me acordé de rescatar la mochila con el dinero de mi padre. Tiritaba de frío en la orilla de la carretera, con mi camisa de manga corta de verano, en un páramo que se extendía muy lejos. Ahora, en vez de las voces infantiles tan agudas de la canción, lo que oía eran sirenas acercándose. Alguien me puso sobre los hombros una chaqueta o una manta. Me llevaron a un hospital, en una ciudad cercana. Yo no sabía cómo se llamaba. Me hicieron tenderme en una camilla, me examinaron despacio, con manos expertas, me hablaron al oído. Apretaba la mochila entre los brazos y me resistía a que me la quitaran. Vi caras con gafas y mascarillas inclinadas sobre mí. Mis dos amigos estaban muertos pero mi única herida era la de una esquirla aguda de vidrio que se me había clavado en un brazo. Salí del hospital en una mañana de verano tardío, en septiembre. Cojeaba un poco, nada más. Me escocían las rodillas y las palmas de las manos, arañadas por el asfalto cuando me arrastré fuera del coche. Siguiendo la calle me encontré una plaza con soportales. Antes de llegar a ella ya se oía un clamor de gente. En la plaza se celebraba un mercado. Había puestos bajo los soportales y otros, los expuestos al sol, cubiertos con toldos. Era un mercado de frutas y verduras. Sobre las conversaciones de la gente se elevaban los gritos de los vendedores, casi todos mujeres. Me quedé parado, asustado de la cercanía humana. Pensé, o no llegué a pensar, vi más bien, con toda lucidez, con absoluto desapego, que si yo hubiera muerto unas horas antes debajo del camión ese mercado habría sido idéntico. Estaba vivo pero no formaba parte del mundo de los vivos. Era un extranjero, o un fantasma, entre toda aquella gente, dedicada tan sin reserva a la rutina de estar viva, en medio de la animación del mercado, sin sospecha de lo que yo sí sabía, la facilidad fulminante, la inmediatez de la muerte. Durante no sé cuánto tiempo seguí siendo ese fantasma. Estaba con los demás sabiendo que no era uno de ellos. Cerraba los ojos de noche y veía venir hacia mí en la oscuridad los faros del camión.

En Virginia vivía aquel invierno en un estado parecido. Había perdido de golpe mi vida antigua, mi casa, a mi hija. El choque era tan físico como el de aquella madrugada contra el morro del camión, la violencia extrema de los metales retorciéndose, el crujido de los cráneos, las cajas torácicas de mis amigos aplastados. Yo había perdido tanto que era incapaz de auscultarme a mí mismo buscando la gravedad verdadera del daño, como el que no se atreve a bajar los ojos y ver la herida abierta o la mutilación que lo está atormentando.

Había visto cómo la persona a la que mejor creía conocer en el mundo se transformaba ante mis ojos en un ser desconocido, me hablaba con una voz que de la noche a la mañana ya no sonaba como suya, igual que eran del todo extraños el brillo nuevo de sus ojos y el gesto de su boca cuando articulaba palabras que yo no le había escuchado nunca antes. Me había visto sometido a un juicio inapelable por delitos que nunca sospeché que hubiera cometido, y sobre los cuales no había recibido ninguna queja ni advertencia, por errores antiguos y en apariencia secundarios y hasta olvidados que de repente eran imperdonables, por defectos y crueldades de carácter que yo nunca había sospechado y sobre los que ella, la mujer desconocida que ahora me acusaba y me juzgaba, no me había llamado nunca la atención. Yo era más culpable aún porque no sabía a ciencia cierta de qué se me acusaba. Los cargos contra mí eran formulados con un tono de objetividad inapelable que sin embargo estaba envuelto en una niebla de palabras imprecisas, en un vocabulario entre psicoanalítico y religioso y fríamente ideológico, un murmullo incesante que brotaba de aquellos labios ahora demasiado finos que yo no reconocía, que ahora me parecía inverosímil haber besado nunca. Eran labios de una movilidad limitada. Parecían desconectados del resto de las facciones, aunque no de la expresión de los ojos, más claros ahora y más fríos, detrás de unas gafas de montura fina y cristales muy limpios, con una transparencia de instrumentos clínicos, aunque la mirada no se enfocara en nada, menos todavía en la cara del hombre al que llevaban mirando desde que era un adolescente, un extraño ahora, una amenaza, un enemigo que merecía pagar por lo que había hecho y por lo que no había hecho con todo lo que tenía, y que seguiría en deuda incluso cuando hubiera sido despojado de su casa, su cuenta corriente, sus libros, su música, todo lo que había formado parte de la vida común; y sobre todo de su hija, mi hija, aunque eso no era un despojamiento más, el más grave de todos, sino una amputación que durante mucho tiempo yo no pude creer que fuera irreparable. Eran tan monstruosas las acusaciones contra mí que nadie podía creer del todo que fueran infundadas. El estupor de mi propia inocencia ya me volvía sospechoso. El castigo que recibí fue tan brutal que no podía parecer inmerecido. El impacto del golpe me dejó incapacitado para defenderme.

Cuando tuve algo más de confianza con Gabriel Aristu, almorzando en un club delante de una ventana desde la que se veía el obelisco de Washington dibujado contra un cielo bajo de nieve próxima, hablando por primera vez, tentativamente, de cosas personales, descubrí que la historia que yo le contaba, tan familiar para mí en todos sus detalles amargos, a él le resultaba incomprensible, por mucha claridad que yo intentara poner en mi explicación. Habíamos estado hablando del ambiente en la universidad, tan apacible en la superficie, tan lleno de trampas y peligros en las profundidades, de la somnolencia confortable y poco a poco narcótica de Charlottesville, de compositores más bien recónditos que a los dos nos gustaban. Aristu me confesó la tristeza y el remordimiento que sentía por no dedicar el tiempo necesario al cello, un instrumento de sonidos tan hondos y ásperos y a la vez melosos y de exigencias tan tiránicas que solo las podía conocer quien se dedicara a tocarlo.

Yo le confesé que cuanto más tiempo dedicaba a Valdés Leal y a sus discípulos y seguidores en el barroco colonial más desagradable me parecía todo lo que pintaban, y más tedioso y superfluo el conocimiento que iba acumulando sobre todos ellos, sin más compensación que la dudosa expectativa de una plaza más o menos estable en alguna universidad, a ser posible del lado americano del Atlántico. Cuando miraba ansiosamente el casillero del correo en el departamento o abría el buzón de mi casa no encontraba cartas de mi hija pero sí del extorsionador profesional que actuaba como abogado de su madre. Avergonzadamente le estaba pidiendo a Aristu que me ayudara a encontrar un trabajo mejor. Me preguntó que si estaba seguro de que quería quedarme, porque quizás más tarde ya no me fuera posible volver.

Los domingos compraba la edición del fin de semana del *Washington Post*, que pesaba más de dos kilos, y la leía en el sillón giratorio con la ayuda del diccionario, dejando caer a mi alrededor los cuadernillos sucesivos según iba leyéndolos. Para hacer ejercicio iba caminando hacia el *downtown* por arcenes de carreteras y senderos en el bosque, a lo largo de calles de casas blancas muy separadas entre sí, con jardines de césped reluciente y árboles de esa especie sureña que llaman *dogwood*, y que en primavera daban extraordinarias flores blancas. En los jardines y sobre los porches de las casas ondeaban banderas americanas. Solo me cruzaba con algunas personas vestidas de deporte. Ahora me doy cuenta de lo incongruente que debía de ser yo, con mi gorra y mi abrigo europeo, yendo a pie por lugares en los que nadie caminaba. Un coche de policía a veces bajaba la velocidad al pasar a mi lado. Una vez el conductor bajó la ventanilla y me preguntó con amabilidad y cierta alarma si me pasaba algo, si se me había averiado el coche.

En la calle principal, que parecía un decorado impoluto, había tiendas de antigüedades, una librería, un cine *art déco* recién restaurado en el que no se proyectaban películas. Detrás de las fachadas se extendían sobre todo aparcamientos y talleres de coches. Había plazas recogidas con mansiones antiguas de columnas blancas y estatuas de bronce de generales confederados a caballo, con sables levantados y capotes al viento. Una vez empezó una nevada fuerte y vi al general Stonewall Jackson que parecía lanzarse a galope contra la embestida silenciosa de los copos de nieve.

Quería ir a Washington un fin de semana y como no me atrevía aún a conducir tan lejos decidí tomar el autobús. Yo había vivido hasta entonces en los espacios inconexos, pero muy semejantes entre sí, del campus universitario, las casas de los profesores, el supermercado internacional en el que hacía las compras, las tiendas del *downtown*. No había visto a nadie que fuera pobre, a casi nadie que tuviera la piel oscura. Al acercarme a pie a la estación del Greyhound fue como si llegara a otro mundo, más allá de las vías del tren, con casas deterioradas, descampados de basuras, tiendas de venta de licores en torno a las cuales deambulaban borrachos, hombres y mujeres. Tampoco había visto a nadie que fumara, ni había olido ni siquiera a tabaco. El olor a tabaco, a gasolina y a neumáticos era el mismo que en cualquier estación de autobuses española, pero la gente parecía mucho más pobre. Negros sobre todo, blancos algunas veces consumidos y encorvados y otras muy gordos, chupando cigarrillos con las bocas sin dientes. El olor a urinario se confundía con el de la grasa rancia quemada, con un espesor común de abandono y falta de higiene. Al llegar a Washington vi, detrás de la estación, una calle de casas en ruinas, y por encima de ella, en el horizonte bajo, la cúpula blanca del Capitolio.

Anduve unas cuantas horas por el Mall, mareado de soledad y de museos, en aquella amplitud de espacios excesivos, de edificios de mármol blanco en una fatigosa lejanía. Al salir del Museo Nacional del Aire y el Espacio me encontré cara a cara, no sin aturdimiento, con Gabriel Aristu y Connie, con gran júbilo de ella, que quiso celebrar el azar del encuentro invitándome a acompañarlos a un salón de té cercano. Corría un viento helado por aquellas avenidas, que se volvían espectrales en cuanto empezaba a anochecer y desaparecía de ellas toda la gente que las había animado, turistas sobre todo, funcionarios del gobierno los días laborales, fugitivos de la ciudad en cuanto daban las cinco.

Inexperto todavía en la crudeza de los verdaderos inviernos, yo tiritaba bajo un chaquetón insuficiente traído de España, y las manos sin guantes se me helaban en los bolsillos. Por supuesto no llevaba gorro, aunque sí unos absurdos zapatos que resbalaban en el suelo helado, y que me identificaban desde lejos como europeo incauto. Aristu y Constance me miraron con un poco de lástima y hasta de diversión, por mi evidente inexperiencia de la vida invernal americana, para la cual iban los dos confortablemente pertrechados: gorros de piel, abrigos recios, guantes de cuero forrados por dentro, incluso orejeras. En los pómulos de Constance resaltaba la tonalidad vivamente enrojecida de una piel muy clara, batida por el viento helado que soplaba del Potomac (con acento en la segunda sílaba). Con su gorro oscuro, el cuello del abrigo alzado y su cara tan seria, Aristu tenía una expresión inescrutable de dignatario soviético asistiendo a un desfile militar en la tribuna del mausoleo de Lenin.

Solo me di cuenta de verdad del frío que estaba pasando cuando entramos en el salón de té, espeso de cortinajes y moquetas, sometido a una calefacción tórrida. Aristu y Constance se quejaron de que hubiera venido a Washington sin avisarlos. Me hicieron prometer, en falso, que en mi próximo viaje me alojaría en su casa, donde había dormitorios de sobra, ahora que los hijos ya estaban en la universidad, cada uno en un extremo lejano del país. Yo estaba planeando una visita a la Phillips Collection, donde quería asegurarme de la autenticidad de unos dibujos de Valdés Leal que un canónigo venal de Sevilla había vendido en los años cuarenta a un marchante americano. Los dibujos eran difíciles de ver, por el mal estado en que se encontraban. Había solicitado autorización por escrito, pero la respuesta tardaba en llegar. Aristu me habló de un *curator* del museo que era amigo suyo. Escribió el nombre y un número de teléfono en el reverso de una tarjeta, en la que venía el sello en relieve del Banco Interamericano de Desarrollo. Escribía con una pluma gruesa, chata, con el plumín de oro, con un brillo de laca negra. Constance dijo, en el tono medio de broma que usaba siempre, como si hablar más en serio no pareciera bien educado: «*Always ask Gabriel. He knows everybody who is somebody in this town*». Con la piel rosada ahora por el calor era una mujer más joven y más atractiva, al lado de la severidad española de Aristu. Guardé la tarjeta y Constance se fijó en la bolsa del museo del Espacio que traía conmigo, de la cual sobresalía una réplica del Apolo XI. Me preguntó con su ancha sonrisa interesada si yo había comprado regalos *«for your children back in Spain»*. Los suyos habían dejado muy atrás la edad para esa clase de regalos. Al hablar de ellos, en la cara bella de Constance se mostraba la coquetería de una mujer acostumbrada a sorprender a sus interlocutores al informarlos de que tenía hijos mayores de lo que permitía suponer su aspecto tan joven.

«El regalo es para mi hija»: hablando en inglés lograba un cierto tono de impersonalidad, aunque Aristu volvió a observarme un momento como en aquella cena de Charlottesville, intuyendo que la conversación derivaba hacia una zona por algún motivo inconveniente. «Ahora también las chicas quieren ser astronautas», dijo Constance, eludiendo a propósito la mirada de Aristu, en una de esas esgrimas conyugales que suceden en secreto delante de extraños. Les conté que mi hija, a los siete años, no quería ser astronauta, sino astrónoma, y tenía su dormitorio decorado con mapas de la Luna y fotos de los planetas del sistema solar y de la Vía Láctea. Vi en ese momento en mi imaginación el dormitorio a oscuras, después de la medianoche en España, iluminado por una lámpara giratoria que proyectaba imágenes de estrellas en las paredes y en el techo. Esa lámpara se la había regalado yo, igual que los mapas y las fotos, pero no sabía si aún estaban allí, si no habían sido también suprimidos, borrados como cualquier otro signo de mi presencia en su vida, como quedaría también suprimido ese cohete que iba a mandarle aun temiendo que ella no llegara a verlo nunca, o que lo rechazara por su cuenta, no por imposición o por influencia de su madre.

Tampoco sabía si le llegaban las cartas y las postales que le enviaba cada pocos días, sin recibir nunca respuesta, sin dejar de abrir varias veces al día el buzón del apartamento. El dedo índice se movía con destreza inútil pulsando números sabidos de memoria sobre el teclado rectangular del teléfono.

Volví a Washington unas semanas después y Gabriel Aristu me citó para almorzar en un sitio cercano a la Phillips Collection, donde yo había pasado la mañana, gracias a su mediación, tocando con las manos enguantadas, bajo una lámpara de claridad muy blanca en un sótano, hojas quebradizas de papel de finales del siglo XVII, examinando unos dibujos a tinta desleída de Valdés Leal, y comprobando no sin alivio que era mejor dibujante que pintor, lo cual me consolaba algo del aburrimiento de tener que dedicarle una parte sustancial de mi vida.

Para excluir cualquier riesgo de impuntualidad llegué al restaurante con veinte minutos de adelanto. Vi por la ventana un amplio coche negro con los cristales tintados que se detenía junto a la acera. Del asiento junto al conductor salió rápidamente un empleado o ejecutivo con un cartapacio bajo el brazo, y abrió respetuosamente la puerta de atrás. Salió Aristu ágil y severo, ajustándose la corbata, acomodándose el abrigo. El empleado le enseñaba documentos que pareció que Aristu revisaba con impaciencia, como una persona que aprovecha al máximo cualquier resquicio de tiempo. En cada gesto suyo había una autoridad sin esfuerzo que yo ya conocía, aunque también un punto de irritación no observado otras veces. Cruzó la calle sin mirar al coche que se ponía en marcha, ni al subordinado que le decía adiós por la ventanilla abierta. Entró en el restaurante aceptando con ecuanimidad la inclinación excesiva del *maître*, y al caminar hacia la mesa donde yo lo esperaba se produjo en su cara una modificación que se extendía a los movimientos ahora relajados de su cuerpo. Había una disonancia entre el hombre al que yo había visto por la ventana y el que ahora me estrechaba la mano y se sentaba frente a mí, haciendo una indicación al camarero que ya debía de conocerlo, y que unos minutos después volvía con una bandeja en la que había dos cócteles, en altas copas cónicas, con un bello nombre italiano que luego yo no acerté a recordar. Era un hombre más cordial y con menos años que cuando salía un momento antes de su vehículo corporativo. No daba sensación de poder, sino de curiosidad, de deleite anticipado de la comida, de tiempo sin urgencia. Siempre quería detalles exactos. Quería saber cómo se identifica la autoría de un dibujo de hace siglos sin firma y de qué materiales estaban hechos el papel y la tinta, y cómo era la pluma con que se dibujaba. Yo sentía la ansiedad de estar a la altura de sus expectativas: el deseo de impresionarlo de algún modo, a pesar de mi incierta posición en la vida, del miedo a parecer insustancial, a ser descubierto en alguna de mis múltiples ignorancias, de las vaguedades de una precaria formación universitaria española, tan inferior a la suya, a sus credenciales británicas, francesas, alemanas. Podía citar a Goethe en alemán y a Virgilio y a Séneca en latín. Bebió el primer sorbo prudente de su cóctel y ya no paró de hablar en las próximas dos horas.

Me dijo: «Yo soy una invención dócil de mi padre». Era su padre quien desde niño lo había orientado en la vida; quien había querido sobre todas las cosas salvarlo o protegerlo de España, defenderlo de aquello a lo que él había sucumbido, de lo que ya no podría librarse mientras viviera. Gabriel Aristu hablaba de su padre en un mediodía de llovizna en Washington, en un restaurante donde aún no había nadie, porque me había citado para comer a una hora demasiado temprana incluso para Estados Unidos, y desde el momento en que empezó a recordarlo observé cómo iba retrocediendo hacia el pasado, una vez que habíamos pedido la comida y él había elegido el vino, cómo los recuerdos y el sonido de sus propias palabras lo iban alejando del tiempo y el lugar donde estábamos, y hasta en cierta medida de mi presencia, aunque yo era el testigo necesario que desataba su memoria. Al contar en voz alta, le daba forma a lo que de otro modo habría permanecido nebuloso en su conciencia, o ni siquiera habría aflorado.

«Mi padre era un inocente —me dijo—, uno de esos mansos que nunca heredarán la tierra, por mucho que lo prometa el Evangelio. Pero la palabra *manso* suena despectiva en español. Hasta en eso se ve que España es un país sin piedad, o lo fue mientras yo vivía allí, y ahora quizás es distinto y yo no he llegado a enterarme. Y desde luego mi padre no llegó a verlo.» Se quedó pensando, la copa de vino en el aire, como en un conato de brindis, antes de probarla de nuevo. «*"The meek will inherit the Earth."* Me parece que *meek* suena mejor que *manso*. Y además, ahora que lo pienso, no tiene esa desafortunada conexión taurina. Mi padre no servía para el mundo en el que le tocó vivir. Era un pedazo de pan. Qué belleza hay en esa expresión. Si no pasara tanto tiempo sumergido en el inglés no me daría cuenta de esa poesía que hay en la lengua común. A ti empezará a pasarte pronto. Dirás, sin pensarlo, "vi el cielo abierto" o "se me cayó el alma a los pies" y te darás cuenta de pronto de la belleza de esas metáforas que dice cualquiera todos los días. Tesoros que te dará miedo perder, porque se acaban olvidando cuando se pasa mucho tiempo sin usar el idioma, sobre todo cuando no se usa en la vida privada, con la familia de uno, con sus hijos.»

Su padre había querido que él tuviera la mejor educación posible; que estuviera preparado para salir huyendo en caso necesario y ganarse la vida con dignidad en otros países de civilización menos insegura. Su padre había tocado el piano a cuatro manos con Federico García Lorca en la Residencia de Estudiantes; había colaborado con Adolfo Salazar en un proyecto de enciclopedia impresa y sonora de la música popular española; había asistido como crítico al estreno en Barcelona del Concierto para violín de Alban Berg en 1936; había seleccionado los discos del repertorio de las Misiones Pedagógicas; había acompañado a Maurice Ravel en su visita a España en 1928. «En 1916 llegaron a España los Ballets Russes, y allí estaba mi padre, estudiante de primero en el conservatorio y reportero novato, haciendo de intérprete de Diáguilev y hasta comprándole ramos de flores para Olga Khokhlova.»

En casa del diplomático Morla Lynch, el padre de Gabriel Aristu había escuchado a García Lorca leyendo de una sola tirada, y haciendo la voz de cada uno de los personajes, con un fuerte ceceo de la Vega de Granada, el manuscrito de *La casa de Bernarda Alba*. Con Morla Lynch y Lorca había asistido, en mayo de 1936, en el Teatro de la Comedia, a un recital de Negro Spirituals de Marian Anderson. De una manera distraída, por rutina o tradición familiar, era católico y monárquico. En Granada acompañaba a misa a don Manuel de Falla. Algunas tardes, en su carmen diminuto junto a la Alhambra, había rezado el rosario con don Manuel y su hermana Carmen, en torno a la mesa camilla, al calor escaso del brasero.

«Y de pronto vino el derrumbe y le cayó encima a mi padre, que andaba distraído con sus amistades y sus músicas, con sus conciertos en casas de buena familia y sus audiciones comentadas para las señoras del Lyceum Club, y además estaba recién casado con mi madre, y muy enamorado de ella. Se querían tanto que cuando estaban juntos parecían mucho más jóvenes de lo que eran.» Su firma era frecuente en los periódicos de derechas, aunque solo escribiera de música. Su ficha apareció en el archivo de socios de un club monárquico al que en realidad nunca asistía. Poco después del 18 de julio supo que lo buscaban. Anduvo semanas escondiéndose por Madrid. Dormía a veces en bancos del Retiro y en refugios de indigentes. Lo detuvieron y lo encerraron en la sacristía de un convento incautado. Cada noche se abría de golpe una puerta y alguien leía con dificultad, a la luz de una linterna, una lista de nombres. El suyo tardó varias semanas en ser pronunciado. Una noche lo sacaron a él solo a un corralón de muros sin ventanas que olía a alcantarilla y lo empujaron contra la pared, tapándole los ojos de cualquier manera con algo que parecía una servilleta sucia. Los hombres que lo iban a fusilar no parecían muy expertos en el manejo de fusiles y olían a coñac. Durante el resto de su vida, el olor del coñac y del aguardiente le provocaron arcadas incontenibles, ataques de sudor y de pánico. Sonaron los estampidos de las balas, atronadores en un espacio tan estrecho, y el padre de Gabriel Aristu notó que se había quedado sordo y que estaba cayendo muy lentamente al suelo, y que la sangre le bajaba por las piernas y le empapaba los calcetines. Estallaron encima de él unas carcajadas tan sonoras como los disparos de un momento antes.

«Había sido una broma. Lo fusilaron con balas de fogueo. Y se rieron todavía más al darse cuenta por el olor de que se había hecho de todo. Se había cagado y se había meado. Mi padre, que era el hombre más pulcro del mundo.» Gabriel Aristu bajó la voz al decir esas palabras, *cagado* y *meado*, tan improbables en su boca, aunque no menos brutales, en la calma del restaurante. Esa vergüenza fue para aquel hombre pudoroso casi más grave que el peligro cierto de morir. Gabriel Aristu no quería imaginar cuánto tiempo tardaría su padre en poder limpiarse, en qué condiciones volvió esa noche a la celda y a la compañía de los otros condenados. Aunque era probable que no hubiera llegado a desprenderse nunca de aquella inmundicia, por más que se volviera, según recordaba su hijo desde niño, un obseso de la higiene, de la ropa limpia, del olor fresco a jabón de las manos recién lavadas: y por encima de todo, de las buenas formas, de la extremada cortesía, «*manners before morals*», les explicaba a sus hijos, a Gabriel Aristu y a su hermana, a la que los padres quisieron darle también una educación excelente, aunque pusieran menos empeño en ella que en el hijo mayor, sin duda porque era una mujer y no un hombre, pero quizás también porque intuyeran que una mujer podría ser menos vulnerable que un varón a las desgracias de la Historia, al exponerse menos en el escenario público. Tal vez, sospechaba Aristu, su padre hubiera detectado tempranamente en él, su primogénito, una disposición a la debilidad que lo alarmaba más porque temía que fuera hereditaria, como una especie de hemofilia moral española que él le hubiera transmitido.

«Porque había terminado la guerra con la victoria de los que teóricamente eran los suyos, pero lo que vio desde entonces y lo que supo que habían hecho en el otro lado mientras él estaba escondido y preso en Madrid, lo que llamaban la paz, todo le pareció tan aterrador como lo que él había sufrido» —incluso más aún, porque ahora todo duraba más y estaba mucho más reglamentado, como un matadero industrial que ocupaba todo el país y estaba en funcionamiento día y noche, una macabra burocracia de la persecución y el exterminio bendecida además por las autoridades eclesiásticas, con sus incensarios y sus capas pluviales de quelonios, como las de los obispos fósiles en aquella película de Buñuel, otro de los amigos de los tiempos lejanos que había desaparecido, aunque él hubiera tenido la suerte de escapar. «Así que se escondió en su música, porque esa belleza nadie la podía corromper, ni ensuciar. Y se empeñó en darme una educación y un porvenir, que tenía que ser muy civilizado pero también muy seguro. Para él lo prioritario era que yo pudiera tener una vida sólida, muy estable, sin incertidumbres económicas como las que él y mi madre pasaron siempre, en parte por todo lo que les costaba la educación que nos dieron a mi hermana y a mí. Por eso yo, aunque estuviera dotado para la música, tenía que estudiar Economía y Derecho. Él conocía muy bien lo duras que eran las vidas de la mayor parte de los músicos, y de cualquier artista. Cada momento de su vida lo pasó angustiado por nosotros. El orgullo que le dábamos se lo consumía entero la angustia. Así que yo podía haber tenido una buena carrera tocando el cello, y hasta componiendo, que de joven me gustaba mucho, pero acabé siendo abogado y economista. No me lo impuso él. Era su angustia la que actuaba sobre nosotros, sobre mí más que sobre mi hermana, por ser varón y primogénito, y por ese miedo suyo a que yo fuera más débil de lo que parecía. No hacer lo que él deseaba aunque jamás me lo hubiera pedido sería una traición, o peor todavía, una afrenta.»

Me di cuenta de que Aristu apenas había tocado la comida. En algún momento, siguiendo una indicación suya, el sumiller, con su mandil de cuero, nos había servido ceremoniosamente dos copas más de ese tinto translúcido que se deslizaba como un milagro de tersura por mi paladar inexperto. Creo que a los dos nos costaba regresar al presente: como cuando en un cine se encendía la luz cruda de la sala al final de una película. Yo tenía una vaga conciencia de que las mesas se habían llenado a nuestro alrededor, y luego habían ido quedándose vacías. El *maître* obsequioso se acercó y Aristu le pidió el postre en un francés que yo apenas entendí, aunque me causó envidia. Pero la interrupción no había disipado el hechizo del tiempo. Siguió hablando como si su monólogo no se hubiera detenido.

«Pero no quiero hacer responsable a mi padre del curso que tomó mi vida. Quizás a mí no me costó renunciar a lo que pensaba que era mi vocación porque en realidad no estaba seguro de mi talento. O porque prefería no hacer el esfuerzo tan grande que me habría exigido, sin ninguna garantía de éxito. Es más noble pensar que renuncié por deferencia a mi padre, porque me sentía responsable de no agravar su sufrimiento, todo el horror y la vergüenza de aquella noche, las pesadillas que siguió teniendo hasta el final de su vida. Pero a lo mejor lo hice por cobardía. O ni siquiera eso: por comodidad.»

Justo en ese momento Aristu miró el reloj. Poseía en grado máximo la extraña habilidad americana para determinar sin apariencia de cálculo la duración apropiada para un encuentro. Eran casi las tres y desde las doce y media estábamos en el restaurante. Aristu no miró por la ventana, pero yo vi que el coche negro que lo había traído estaba de nuevo parado junto a la acera.

Había mirado el reloj tan ceremoniosamente como si en vez de en la muñeca lo llevara colgado de una cadena en el chaleco.

—Qué barbaridad. Y qué vergüenza, haber pasado tanto tiempo hablando yo solo. Habrá sido el vino, y la lengua española. Una combinación peligrosa para mí. En inglés y bebiendo agua no me vienen esos recuerdos. Y a Connie y a mis hijos no les interesan. Como solo hablo con ellos en inglés, mi vida española no existe. No ya para ellos: ni para mí mismo. Son de California, nacidos y criados, Constance también. En California el pasado no existe. Les parece una cosa anticuada de europeos, o de gente de la costa Este. Recordar un pasado de hace cincuenta años les parece tan inverosímil como ir a pie a hacer la compra. Es algo contagioso. Me pasó a mí también. Cuando llegué a California me libré de todo mi pasado, de mi vida en España. No es que me olvidara, o me esforzara en hacerlo. Ni que quisiera reinventarme, como les gusta decir. Me quité del pasado como el que se quita del tabaco. Igual que dejé de ponerme durante mi primer verano la ropa formal que traía en el equipaje. Se desprendió de mí, sin que me diera cuenta, como si se hubiera caído mientras caminaba. ¿No sentiste algo parecido al llegar aquí, al menos al principio, las primeras semanas?

—Sentí que quedaba en suspenso la vida anterior. Seguía sufriendo lo mismo que antes de venir, pero el sufrimiento parecía que estaba separado de mí. Como si me hubiera perdido el rastro, o yo lo hubiera dejado atrás.

—¿Y ahora?

—Ahora me ha alcanzado, y ya no me suelta.

—A mí la vida antigua empezó a volverme no en los recuerdos, sino en los sueños.

Pareció que iba a decir algo más, pero se detuvo. Tenía que irse. Se esforzaba ahora en disipar el estado de ánimo de la rememoración, como quien se echa agua fría en la cara para salir de la somnolencia. Yo aún tenía que volver durante un par de horas al archivo de la Phillips Collection, a revisar dibujos de Valdés Leal que en su mayor parte podían ser de cualquier otro pintor con cierta habilidad del siglo XVII. Ya en la acera, al despedirnos, me dijo Aristu: «Constance me pide que te pregunte si le gustó a tu hija el regalo del Apolo XI».

No había tiempo y yo no sabía qué decir, y él intuía que quizás no habría debido preguntarme. Podía contestar que sí, que a mi hija le había encantado el regalo, y pasar a otra cosa, a las vaguedades corteses de la despedida, a mi agradecimiento por el favor que me permitía acceder tan fácilmente al museo; o podía, había estado a punto, caldeado yo también por la efusión del vino y la cercanía humana, podía decirle que mi hija no contestaba a ninguna de mis postales ni mis cartas ni daba muestras de recibir ni agradecer ninguno de los regalos que yo le enviaba en cada cumpleaños o día de Reyes, ni que había declarado ante un juez, en compañía de un psicólogo forense, que no quería pasar conmigo ni uno solo de los días que me otorgaba la sentencia de divorcio. Dije que me habían avisado de la Post Office que el envío sería lento, por culpa de la ineficiencia del correo español, y que probablemente mi hija aún no habría recibido el regalo. Aristu aceptó educadamente la mentira, pero no se esforzó en fingir que la creía. Me dijo, ya al despedirnos, estrechando mi mano antes de ponerse los guantes: «El tiempo pasa. El tiempo cura las cosas, aunque tú ahora no lo creas, el tiempo y la distancia».

Pero el tiempo no cura nada. El tiempo mata. El tiempo empeora y destruye. Yo lo fui aprendiendo a lo largo de aquellos años, mientras aprendía también a sobrevivir en la incertidumbre, sin hacer pie del todo nunca, por falta de verdadera solidez profesional, o por falta de astucia académica, o por simple mala suerte, por una propensión al desarreglo personal y al infortunio; y Gabriel Aristu, mayor que yo, con credenciales mucho más firmes en la vida, ya lo sabía entonces, aunque se sintiera obligado a ofrecerme aquella fórmula de consuelo, tan gastada como las que se repetían en los entierros españoles de su juventud, y en parte también en los de la mía. Aun en las épocas más oscuras, en los peores trances de abrumadora soledad americana, yo imaginaba o daba por supuesto que efectivamente el paso del tiempo traería por sí mismo alguna mejora en las relaciones con mi exmujer, o en la extorsión insaciable de sus abogados, un regreso gradual de mi hija, según fuera haciéndose mayor y desprendiéndose del dominio de su madre, a quien yo no podía compensar ni resarcir de nada porque no recordaba haber cometido ningún agravio contra ella. «Un hijo, una hija, necesita querer a su padre», me dijo Gabriel Aristu años después, en otro almuerzo en el que fui yo quien se desbordó por fin en sus confesiones, con el alivio de quien lleva mucho tiempo sin tener una conversación verdadera, también yo, ahora más veterano en la extranjería, incitado de nuevo por la combinación del vino francés y la lengua española. «Los hijos aman por naturaleza a sus padres, por necesidad, por instinto. Los hijos de adúlteros, los de criminales, los de estafadores, los de borrachos. Hasta a los hijos de abusadores les cuesta renegar de sus padres. A un padre pródigo se le concede el perdón igual que a un hijo pródigo.»

A Gabriel Aristu lo trasladaron a Nueva York y dejamos de vernos, y yo también anduve por otras universidades y en otros trabajos, inseguro siempre, teniendo agotadoramente que sonreír y asentir y reír bromas ajenas y obedecer toda norma visible o implícita y someterme a cada ortodoxia académica, agobiado por la pobreza siempre inminente, por los plazos de la pensión y los gastos abusivos o irrisorios que tenía que seguir pagando aunque no recibiera nada a cambio, enterándome de manera indirecta de los progresos escolares y luego universitarios de mi hija, vanamente orgulloso de ellos, año tras año, según pasaba el tiempo y se hacía adulta y se volvía aún más desconocida, aunque yo ahora, en la nueva época sin distancias, buscaba desde el otro lado del Atlántico sus fotos y seguía su rastro en internet, con una sensación invariable de culpa y clandestinidad, como un amante despechado, yo que había olvidado su voz de niña y no conocía la de adulta, tan ajena, tan imprevista y sin embargo tan familiar para mí, cuando la escuché por fin en una charla en YouTube, una mujer alta, muy delgada, con los hombros rectos y la barbilla firme, con algo del color acuoso de los ojos de su madre, expresándose con timidez y determinación en un inglés mucho mejor que el mío, en un aula, delante de una pantalla en la que se proyectaban imágenes de nebulosas y galaxias y largas fórmulas matemáticas, hablando de supernovas y de agujeros negros, incomprensible, persuasiva, admirable, mi hija que ahora, recién doctorada *cum laude*, trabajaba en el Instituto de Astrofísica de Andalucía, a donde yo le había enviado desde College Park, Pensilvania, un ramo de flores en su primer día de trabajo, en el comienzo de una carrera que ya era mucho más brillante que la mía.

Habría sido peor sin la ayuda intermitente de Gabriel Aristu, y de sus contactos en lugares estratégicos, en patronatos de museos y centros de investigación con conexiones hispánicas, por los que se movía con el mismo aplomo que por los despachos y las salas de juntas de las instituciones financieras en las que trabajaba, y a las que se refería de paso en nuestras conversaciones con una mezcla de hermetismo y desdén, dueño cauteloso de secretos a la vez inconfesables y triviales, cada vez más impaciente por jubilarse, sobre todo cuando nos volvimos a encontrar en Nueva York, al cabo de unos pocos años que para él parecían haber sido más largos y penosos. Desde entonces nuestro lugar de encuentro fijo iba a ser un restaurante francés nada lujoso en una calle lateral del Upper East Side, un bistró sólido y normal, no una de esas imitaciones escenográficas que estaban entonces de moda entre la gente con dinero. Era un bistró tan francés que en vez de camareros jóvenes e ineptos con tatuajes lo atendía a uno un patrón algo malhumorado que no accedía a decir ni una palabra en inglés ni a servir hamburguesas.

Llegué diez minutos antes de la hora pero Gabriel Aristu ya estaba esperándome, con un cesto de pan y una copa de borgoña sobre el mantel de cuadros. Ahora tenía la cabeza pelada. La desnudez de los huesos del cráneo exageraba la severidad española de su cara. Es en las caras de los demás y no en el espejo donde uno ve el paso del tiempo. Era el otoño de la gran crisis financiera, el del hundimiento de un día para otro de Lehman Brothers. «El dinero es el espejismo más frágil que existe», me dijo Aristu; el mundo había dejado de ser comprensible para él. Había una especie de tranquilo sarcasmo en el brindis que propuso cuando el patrón misántropo me sirvió mi copa de vino: «Toda mi vida en los bancos y ahora te saludo con una cita de Marx: "todo lo sólido se desvanece en el aire"». Quería jubilarse. Contaba los días que le faltaban para no volver más a su oficina, que ahora estaba en la planta más alta de un edificio de acero y cristal en Manhattan.

Había pasado un cáncer, dijo sin drama. Le advirtieron que era un caso extremo: le ofrecieron participar como sujeto en un tratamiento experimental, que resultó inesperadamente un éxito. Ahora, aunque con el pseudónimo «Patient W», era una celebridad en la literatura médica. Había tenido miedo de morir y ahora se reprochaba a sí mismo los momentos en que, por las complicaciones mezquinas de todos los días, olvidaba la simple gratitud de estar vivo. Constance y él habían restaurado una granja de la época colonial a una hora en tren de Nueva York, en una colina sobre el río Hudson, en un paisaje de bosques que se volvían rojos, amarillos y ocres en el otoño. Estaba volviendo a tocar el violoncello. Le daba clases particulares una cellista polaca de la New York Philharmonic. De su cartera negra de anticuado ejecutivo bancario sacó con delicadeza extrema algo que había traído para enseñarme: la partitura de la Suite n.º 1 de Bach, con anotaciones a lápiz, en una letra desvanecida y diminuta, con una dedicatoria de Pau Casals para su padre, fechada en Prades, en julio de 1954. Su hermana la había encontrado en el fondo de un baúl, en el piso familiar desalojado después de la muerte de los padres. Ahora que volvía seriamente a tocar el cello era cuando Aristu había sacado la partitura del cajón en el que había permanecido muchos años, «como el arpa de Bécquer», dijo, inseguro de que yo capturara esa referencia literaria que en su tiempo, en España, formaba parte del habla común.

Pero nos iba a faltar tiempo para todas las cosas sobre las que teníamos que ponernos al tanto. Ahora que él se iba a jubilar, yo había encontrado un puesto más o menos estable en la sección de dibujos de la Morgan Library. Sus hijos, de los que siempre hablaba con vaguedad, hasta con algo de desapego, vivían lejísimos: la hija gestionaba, junto a su marido, un rancho ganadero en un estado próximo a Canadá, plano como una tabla y con inviernos terribles; el hijo trabajaba «con el gobierno», en tareas internacionales que tenían más que ver con el espionaje que con la diplomacia y que lo llevaban durante largas temporadas a lugares de Asia o de Oriente Medio que no le estaba permitido revelar. «Son americanos. Nunca han tenido interés por ser nada más. Los quiero mucho a los dos, pero en el fondo son extranjeros para mí. O yo para ellos.» Se puso serio y me preguntó por mi hija. Le prometí que le iba a enviar algunos trabajos publicados por ella en revistas científicas de mucho renombre. Le parecía admirable, me dijo cautelosamente, que después de tantos años yo siguiera sin rendirme; admirable y también, y me pidió disculpas antes de continuar, le parecía dañino para mí, un sufrimiento inútil que yo habría tenido derecho a aliviar. A raíz de nuestras conversaciones se había estado informando de casos semejantes, más numerosos de lo que pudiera pensarse. Era un síndrome, hasta tenía un nombre, un extrañamiento radical, una rendición incurable de los hijos al resentimiento de la madre, un empeño trastornado de ella por arrastrarlos a la complicidad de la venganza. Había libros, terapias especializadas, grupos de apoyo. Le extrañó que yo no hubiera querido enterarme de nada de eso, que me hubiera obstinado en no contaminar mi dolor de lo que me había parecido siempre palabrería terapéutica. Seguía escribiendo a mi hija e interesándome obsesivamente por su vida no porque tuviera todavía esperanza sino porque ya no sabía no hacerlo, porque mi vida entera había adquirido la forma de aquel empeño sin remedio. Era en esa ausencia sin fondo donde había desaparecido entera mi vida. Era en eso en lo que yo consistía. Era una ausencia en la que no cabía nadie más, que expulsaba de mi intimidad a quien se aproximara a ella, las dos o tres mujeres que a lo largo de aquellos años habían sentido algo de atracción hacia mí.

Yo hablaba sin reserva y sin amargura. Al cabo de tanto tiempo aquel casi desconocido veinte años mayor que yo con el que me encontraba de tarde en tarde para almorzar, y con el que en realidad no tenía muchas cosas en común, ni por educación, ni por origen social, era mi único amigo. El rojo suave del borgoña y el idioma eran nuestro espacio común y el alimento y el combustible de nuestras confidencias. Me dijo que el cáncer le había servido para descubrir que tenía mucho miedo del dolor físico, pero ninguno a la muerte, y que carecía de cualquier rastro de creencia religiosa, «lo cual a mi padre lo habría entristecido, porque significaba que yo había descartado la esperanza de volver a verlo en la otra vida». Pero donde lo veía cada vez más, dijo con una complacencia que le suavizaba los rasgos, era en los sueños, en esa otra vida que para él se había ensanchado y se había vuelto mucho más hospitalaria justo desde que empezó el tratamiento del cáncer. Me confesó que se acostaba cada noche con la expectativa de los encuentros con gente del pasado que probablemente le sucederían en los sueños: encuentros tamizados de misterio y dulzura, vivificados por sensaciones que ya no eran accesibles a la memoria consciente, en los que veía aparecer a alguien de entonces, su padre o su madre, sobre todo, juntos a veces, tan unidos entre sí, tan protegiéndose el uno al otro como cuando estaban vivos. Los veía no en la vejez, sino tal como habían sido en la plenitud de sus vidas. Lo veían venir después de una de sus ausencias cada vez más largas y lo recibían sin queja, con una desenvoltura de besos y abrazos que no habían tenido en este mundo. Y en él, poco a poco, se convertía en congoja la alegría del encuentro, y le surgía una sospecha que quería disimular ante ellos, para no herirlos en su extrema fragilidad de espectros: era la sospecha, la convicción gradual, de que los dos estaban muertos, y de que por lo tanto aquel encuentro era un sueño, del que él estaba a punto de despertar.

Le brillaban los ojos. Se quedó callado, inmovilizado por el pudor, cercano a las lágrimas. No había salido intacto de la cercanía de la muerte. Respiró hondo y bebió un sorbo de vino, y cuando se limpió los labios con la punta de la servilleta ya había recuperado el dominio de sí mismo. «Y hablando de la otra vida —me dijo, ahora con una sonrisa austera—, ¿cómo van esos estudios tuyos de la ultratumba de Valdés Leal?»

Le hablé de una exposición y de un congreso al que me habían invitado, en Chicago, organizado por una especialista joven, relativamente, me parecía que española de origen, aunque tenía un apellido alemán, Zuber, Adriana H. Zuber. Al cabo de tantos años de aridez académica era asombroso descubrir que llegaban personas más jóvenes a un campo tan sombrío, y a mi juicio, confidencialmente desde luego, tan agotado. Esta profesora Zuber había identificado una red de pintores, unos cuantos de ellos mujeres, relacionados no directamente con Valdés Leal, sino con su hija, que habían ido abriendo talleres en ciudades coloniales, abasteciendo de pintura religiosa a los conventos, y cultivando una especie de sincretismo barroco con tradiciones visuales indígenas. Como si no hubiera estado escuchándome, Aristu salió de su ensimismamiento para preguntarme si yo soñaba alguna vez con mi hija. Me daba la impresión de que ahora se distraía más, él que había prestado siempre tanta atención a todo. Me había dicho un poco antes que estaba perdiendo oído, y que temía que esa pérdida fuera a más y le dificultara tocar el cello, igual que la torpeza nueva que había empezado a notar en las manos.

Le contesté que al menos ya no sufría en los sueños. Que ya no eran siempre angustiosos, ni me mostraban, con una misteriosa crueldad narrativa, imágenes de ternura y regreso que un momento después quedaban desmentidas, todavía en el interior del sueño.

Pero otra vez se distraía. Me preguntó si yo conocía personalmente a esa profesora Zuber. Me pidió que le mandara información sobre el congreso en Chicago. Si yo iba a participar en él, podíamos ir juntos. Estaría bien, si eso no me importunaba, que yo le hiciera de guía en la exposición, que iba a ser en el Arts Institute. «Santos, vírgenes y mártires —le dije—, hábitos de frailes, calaveras, carnes maceradas de ermitaños. La España macabra al gusto del público americano, con un matiz de exotismo multicultural.»

En otro momento aquel sarcasmo mío lo habría divertido. El vino y la lengua española nos permitían libertades expresivas que los dos teníamos igualmente vedadas en nuestros lugares de trabajo. Pero Gabriel Aristu seguía distraído, y hasta inquieto, tal vez impaciente, incluso desmemoriado. Me preguntó de nuevo por aquella profesora Zuber, de la que yo solo había leído hasta entonces algunos artículos en revistas académicas, pero otra vez dejó de oírme, y yo pensé con tristeza, con algo de alarma, que quizás el cáncer y el tratamiento le habían afectado más de lo que parecía, también al cerebro, o a la memoria, o que estaría padeciendo atisbos de la fragilidad mental de la vejez.

No nos vimos en Chicago, aunque yo le mandé los materiales preparatorios de la exposición y el congreso. Entre unas cosas y otras pasó el tiempo y no nos volvimos a ver en Nueva York, aunque intercambiábamos de vez en cuando correos electrónicos. Supe que se había jubilado. Me escribió para contarme que pasaba los días tocando el cello junto a una ventana desde la que se veía el río Hudson, tocando a Bach y leyendo de cabo a rabo a Proust y a Montaigne.

Yo volví a Madrid, en principio para un semestre, para dar un curso en el Museo del Prado. Las cosas llegan cuando ya no se desean. Parece que no desearlas ya es la condición previa para que lleguen. Una mañana cálida, en mayo, bajando la escalinata del Casón del Buen Retiro, me vibró el teléfono en el bolsillo, y era Gabriel Aristu, diciéndome que estaba en Madrid, «en visita confidencial», que tenía ganas de verme, y me invitaba a comer al día siguiente, a la una treinta, «lo más temprano que se puede conseguir en Madrid», en el restaurante del Hotel Wellington. Sus correos electrónicos eran tan formales como cartas escritas a mano: «Y espero que de vuelta en la patria no se te haya contagiado ya la impuntualidad nacional».

III

«Fue el nombre», dijo, sentado ante ella, que lo miraba en silencio, con los claros ojos fijos que traspasaban el tiempo igual que lo traspasaban a él, su apariencia siempre formal, sus deseos secretos, su facilidad para el disimulo y la mentira, forzándolo a un coraje que ella le exigió en vano muchas veces, y que él no había ejercido nunca, o solo ahora, y hasta cierto punto, con cincuenta años de retraso, cuando no parecía que pudiera ya servir de nada; fue el nombre pronunciado de repente y al azar por alguien que no sabía nada de ella, que lo había dicho con una distraída neutralidad, como se dicen, se escriben, se repiten tantos nombres, sin saber que uno de ellos en concreto puede contener una semilla, inerte durante muchos años y revivida en un instante, una semilla o una sola gota de un líquido que desata una reacción química imparable y todavía escondida, como la semilla debajo de la tierra, el nombre que él no había pronunciado en voz alta ni escuchado en cuarenta y tantos años, y que había leído por última vez en el remite de las cartas que ella siguió escribiéndole a escondidas durante algún tiempo cuando él ya había dejado de contestarlas, o le respondía con notas breves, con postales, incluso tarjetas de Navidad, indignas de las cartas que él le había escrito en otras separaciones anteriores, crónicas de viaje y confesiones de amor, veladas casi siempre, durante mucho tiempo por timidez, o por envaramiento, y después, cuando ella se casó, también por cautela, porque el marido una vez la amenazó con quemarlas todas, enfermo de unos celos que eran más tóxicos porque no eran sexuales, era el despecho por una especie de comunión incondicional de la que él siempre se supo excluido, y contra la que no sabía cómo defenderse, porque no comprendía en qué le habría sido necesario competir con Gabriel Aristu, que a diferencia de él no tenía dinero ni era fuerte ni alto ni atractivo, que incluso parecía algo afeminado, o al menos apocado, con aquella afición al violoncello, a la música clásica, hasta al *ballet*, un cursi que alguna vez le había mandado a ella desde Inglaterra libros de poesía con hojas otoñales de los robles de Oxford, con dedicatorias en inglés, «*For Adriana*», escribiendo el nombre con caligrafía cuidadosa y con tinta sepia. «Tu nombre tan querido», dijo ahora Aristu, ante la mirada invariable de ella, los ojos largos y rasgados con un maquillaje que los rejuvenecía aún más, o más bien que resaltaba su juventud, la mirada de dulzura escéptica que se correspondía exactamente con la media sonrisa de los labios y con lo que ella estaba pensando sin decirle, «Mi nombre tan querido que no dijiste ni volviste a escuchar porque no te dio la gana, porque dejaste de quererme, o porque no me querías tanto como decías y como a lo mejor pensabas tú mismo».

Él bajaba los ojos. Se miraba las manos, que eran de pronto unas manos de viejo, aunque mucho menos deformadas que las manos de ella, posadas juntas e inertes en el regazo, bellas y expresivas en su estado de ruina, de un blanco translúcido, como su cara y su pelo revuelto iluminado por la claridad de la ventana, tan resplandeciente ahora en su blancura como lo había sido cuando era rojo, rojo de oro y de cobre. Para encontrar el hilo de lo que quería decirle tenía que apartar los ojos de su mirada sin parpadeo, afilada, transparente, cegadora, «*laser-like*», se dijo a sí mismo, con la costumbre de pensar las cosas en inglés o traducirlas en el momento en que las pensaba. Estaba sentado frente a ella, en una silla de respaldo alto y rígido, en la que probablemente se habría sentado ya muchos años atrás, y lo que sentía sobre todo, tanto como la gratitud de que existiera de verdad este momento, era una obstinada incredulidad, un recelo de que no fuera cierto lo que estaba viviendo, aunque sus sentidos se lo confirmaran, aunque estuviera seguro de encontrarse despierto: la mirada de ella era una prueba, la forma y el color de sus ojos, y hasta el dibujo de sus cejas, la mirada fija en él desde que se abrió la puerta y pudo verla, más allá de la penumbra del pasillo, detrás de la señora de uniforme y de cara muy morena y bellos ojos exóticos que le dio la bienvenida con un dulce acento latinoamericano. Estaba sentada en la habitación al fondo del pasillo, como al fondo del tiempo, y desde que Aristu avanzó hacia ella notó el magnetismo de su mirada, tan afectado por él que tardó en fijarse en la plena presencia de Adriana Zuber, o en enfocarla bien, como quien pasa a la penumbra desde una claridad excesiva. Le extrañó que ella no se levantara. En uno de los ajustes graduales de su percepción visual advirtió que donde estaba sentada no era en un sillón sino en una silla de ruedas. La hija le había avisado la última vez que hablaron por teléfono, cuando le confirmó lo que hasta entonces había sido dudoso, que su madre aceptaba recibirlo, ese día concreto y no otro, a esa hora, y con la condición añadida de que la visita sería lo bastante breve como para no dejarla agotada. La hija, la otra Adriana, que tenía los mismos ojos pero no el mismo brillo en la mirada, le avisó de que iba a encontrarla más cambiada de lo que imaginaba, y de que los efectos de la enfermedad ya eran muy visibles, pero no le había contado nada más, y él no había querido seguir preguntando, por pudor, por cautela, por respeto, por miedo, y sobre todo porque no caía en la cuenta de que no iba a ver a la Adriana Zuber de 1967, ni a la que había aparecido de manera intermitente y cada vez más asidua en sus sueños, sino a una señora de su misma edad que llevaba años socavada por una enfermedad que la iba paralizando poco a poco, y que en los últimos tiempos ya no la dejaba mantenerse en pie, ni sostener una pluma o un libro en las manos, y a veces ni siquiera sujetar con la fuerza necesaria un tenedor.

Fueron las manos lo primero que él miró, después de los ojos, juntas en el regazo, apretadas para contener o disimular el temblor insidioso, las dos manos sobre las rodillas, los pies calzados ortopédicamente en el soporte de la silla de ruedas. Se había acercado a ella sin saber cómo saludarla, tan torpe como en su envarada adolescencia. Ahora se arrepentía de no haber pedido consejo a la hija. ¿Le alzaría las manos para estrecharlas en las suyas, se inclinaría para darle un beso, dos besos? La señora de uniforme se quedó un momento de pie al costado de Adriana, con una formalidad de doncella antigua, lo cual intimidaba más a Aristu. No hizo nada, tan desmañado como en una visita de su remota juventud, nada más que sostener la mirada de ella. Abrió la boca y tomó aire, pero movió los labios sin que se formara ninguna palabra, y eso le hizo temer que estuviera en un sueño, en uno de esos sueños en los que se veía delante de Adriana Zuber y no podía hablarle porque tenía la lengua paralizada, o la veía de espaldas por la calle y quería llamarla pero no le salía la voz, o levantaba el teléfono y oía la voz de ella diciendo su nombre pero no podía contestarle, y ella colgaba. Sin apartar de él los ojos, quizás también sobrecogida por una aparición que perturbaba el orden cotidiano de la realidad, Adriana Zuber dijo algo que él no llegó a entender, porque estaba muy aturdido y no reconocía la voz, y porque a veces le pasaba, al regresar a España, algo que al principio lo había mortificado en Estados Unidos, que oía algo indescifrable que en realidad era muy simple, y que su cerebro comprendía con unos segundos de retraso.

«Fanny, por favor, una silla»: eso era lo que Adriana había dicho, pero la impresión de oír su voz fue tan fuerte que a Aristu le faltó la agudeza necesaria para entender sus palabras. Lo comprendió, lo dedujo, cuando la muchacha acercó la silla y lo invitó con un gesto a sentarse, haciendo una breve inclinación antes de desaparecer, o al menos de que él siguiera registrando su presencia. Adriana Zuber, tan erguida siempre, recta sin esfuerzo ni sombra de arrogancia, ahora se inclinaba un poco hacia adelante, pero se daba cuenta y para no abandonarse alzaba la barbilla, en la que había una sombra de temblor. Pero esa barbilla permanecía inalterable, la firme barbilla de obstinación y desafío, la mandíbula entera, todavía nítidamente dibujada, que despertaba en él un recuerdo táctil, como el que podría sentir un ciego. El pelo alzado y abundante, de rizos turbulentos, indomado siempre, le despejaba la forma de la cara. El modelado de su belleza ósea se sobreponía a la devastación del cuerpo un poco inclinado y torcido, a sus manos nudosas que se encogían igual que las rodillas. Pero los ojos y los delicados huesos de sus pómulos, sus sienes, su mandíbula, su boca grande que había sido tan propensa a la risa, resplandecían frente a él como a salvo del tiempo, igual que su voz de mujer joven, que a él se le había olvidado por completo, y que muy pocas veces había escuchado o creído escuchar en los sueños. Ahora recordaba de golpe el modo en que esa voz podía oscilar entre el sarcasmo y la ternura; cómo podía sonar límpida como una carcajada y un momento después envuelta en una especie de penumbra.

—Dijiste que volverías pronto y has tardado cincuenta años.

—Cuarenta y siete en realidad.

—El hombre experto en números.

—No he dejado de acordarme de ninguno de tus cumpleaños. Cada Nochevieja, justo a las doce, pensaba dónde estarías, cómo lo estarías celebrando, con quién. Si te estarías acordando de mí.

—Podías haberme escrito. Hasta podías llamarme por teléfono, si hubieras querido. Podías haberme visitado alguna vez.

—Al principio se me pasaban los años sin volver a España. Todo el trabajo, los viajes por medio mundo, los hijos.

—Dejaste de responder a mis cartas. Llegó un momento en que me las devolvieron.

—Nos mudamos a Washington. No sabes cómo fueron todos esos años. Me dejé atrapar por el trabajo y por todas las obligaciones. No tenía tiempo para vivir, ni para criar a mis hijos.

—Te puedes imaginar cómo estaba siendo la vida para mí. Yo sola, separada, en aquel Madrid siniestro, sola con mi hija, repudiada. A las mujeres entonces los maridos podían repudiarlas.

—Constance vio tus cartas y tus fotos. Me pidió que las quemara. Me hizo prometerle que no te volvería a escribir.

La mirada fija en él, el oído atento a los matices de la voz, detectaban que no estaba diciendo del todo la verdad. Adriana había poseído siempre, como un oído absoluto, ese detector infalible con respecto a él, no exactamente de mentiras, porque rara vez era embustero, sino de verdades a medias, de insinceridades, modificaciones o supresiones irrisorias. Era verdad que Constance le había pedido con cierta contundencia que destruyera las cartas y las fotos, pero lo había hecho como si le pidiera que limpiara de trastos superfluos un desván en vísperas de una mudanza. Para Constance la vida española de su marido era una rémora a la que no prestaba mucha atención y de la que procuraba en lo posible mantenerse alejada, como una herencia sin mucho interés, un país pintoresco y caluroso en el que la gente comía a deshoras, daba besos y abrazos innumerables sin motivo, fumaba hasta en los autobuses. Careciendo ella de cualquier forma de nostalgia, Constance no podía sentir ningún interés o preocupación por la nostalgia de otro, aunque fuera su marido, aunque cada dos o tres años vinieran unas semanas de vacaciones a España y se encontraran rodeados por parientes cada vez más envejecidos cuyos nombres a ella se le olvidaban muchas veces entre un viaje y otro. Pero las fotos sí, las fotos de Adriana Zuber las había examinado meticulosamente, y se había asegurado de que él las rompía, y de que los pedazos acababan en el cubo de la basura.

Entonces temió que le sonara de pronto el teléfono y fuera Constance, y él no supiera qué hacer, qué contestarle cuando le preguntara qué estaba haciendo, cómo iba a mentirle delante de Adriana Zuber, diciéndole que seguía en Ginebra, que tenía que colgar porque se encontraba en una reunión, por ejemplo. Podía dejar que el teléfono sonara, pero eso sería aún más embarazoso, aunque el sonido fuera solo una vibración, y además estaba seguro de que en cualquier caso se pondría rojo, se vería sometido a un escrutinio todavía más penetrante de la mirada de ella, a la pregunta inevitable que no hacía falta que fuera formulada, por qué no le has dicho a tu mujer que venías a Madrid, aunque no le dijeras que venías a verme, qué necesidad hay de mantener un secreto que no te importó nunca: qué importa nada ya. Se despediría pronto, en cuanto hubiera pasado un intervalo decente, volvería a Ginebra, compraría un regalo distinguido para Constance en un anticuario, podría tomar esa misma noche un vuelo de última hora a Nueva York, esa noche o mañana mismo, aceptando la futilidad del encuentro, su empeño pueril de recobrar el hilo cortado, tanto tiempo atrás, el hilo olvidado y abolido por la vida verdadera, la única que había tenido, y que a estas alturas podía ya tener, la que ahora, esa mañana, desde que abrió los ojos en la habitación del hotel en Madrid, se le volvía irreal y lejana, por comparación con lo que estaba ahora viviendo, la catarata del regreso, lo que le iba a suceder en el plazo máximo de dos horas, cuando llegara al portal sombreado de acacias donde la profesora Adriana H. Zuber le había dicho que su madre lo estaría esperando. «Aunque va a ser muy difícil para ella —explicó la hija, que tenía el mismo pelo rojo y revuelto y los mismos ojos claros pero no su fulgor de inteligencia apasionada—, como puedes imaginar, una mujer que ha sido siempre tan presumida, y todavía lo es, tan cuidadosa de su aspecto, dejar que tú la veas en el estado en que se encuentra.»

Y además se cansaba muy fácilmente, le advirtió, cualquier emoción la afectaba en exceso y la dejaba sin fuerzas, de modo que él tenía que ser muy cuidadoso, hablarle con mucha cautela, estar atento siempre a las indicaciones de Fanny, la cuidadora, que se había convertido en su confidente y casi su única amiga, salvo cuando la hija regresaba al final del curso de Estados Unidos, desde donde la llamaba cada tarde, ahora por Zoom, asegurándose de su buen aspecto, de la viveza intacta de sus intereses y sus curiosidades, de la persistencia de su coquetería, para la cual Fanny era su asistente y su cómplice, de pie tras ella delante del espejo, probando lápices, barras de carmín, cremas, polvos de maquillaje discretos, deliberando con ella sobre la elección de pendientes, collares, adornos, el jersey negro de cuello alto que le había puesto esta mañana, el pañuelo de seda, los pendientes de filigrana de oro portuguesa en los que él al principio no se fijó, aunque era él mismo quien se los había regalado, en el regreso de un viaje con su padre a Lisboa, del que no le quedaba ningún recuerdo.

«Fanny, te dije que no se acordaría», dijo cuando la muchacha entró con la bandeja y el servicio de té, y Gabriel Aristu, tal como ella había imaginado, sintió que enrojecía delante de las dos mujeres, su severa palidez española alterada por un acceso de timidez que no había experimentado en el último medio siglo, pero que ahora regresaba, igual que la contracción en el estómago y el galope del corazón un rato antes, cuando llegaba al edificio, cuando se esforzaba en aclarar la voz para preguntar al portero, cuando subía en un ascensor aparatoso y muy lento mirándose demasiado de cerca en el espejo, donde su cara adquiría una expresión desconocida para él, como esas caras extrañas que uno encuentra durante unas décimas de segundo cuando se ve por sorpresa en un escaparate.

Había sido al oír el nombre cuando sintió la primera punzada de esa agitación del todo física que le sobresaltaba el corazón y le debilitaba las piernas mientras subía en el ascensor, mientras avanzaba por un pasillo olvidado hacia una puerta a la que no le parecía haber llamado nunca antes. Durante todos aquellos años se había encontrado muchas veces con Adriana Zuber, aunque solo en los sueños. Fuera de ellos y de algunos recuerdos intermitentes y de algún modo furtivos Adriana Zuber no había existido para él. El olvido tenía una textura tan variable y azarosa como la memoria. El que se marcha olvida con mucha más facilidad que el que se ha quedado. Para el que se marcha desaparece el mundo en el que se anclaba la memoria. En 1967 no había atajos para la distancia entre Los Ángeles y Madrid. Las cartas tardaban muchos días, y cuando llegaban desprendían un aire melancólico de cosas antiguas, como una música de baile de salón apagada de inmediato por un estruendo de guitarras eléctricas.

—Fue tanta casualidad que ahora me parece mentira —dijo Gabriel Aristu—. Fue este pobre hombre, un amigo mío, conocido, Máiquez, profesor Julio Máiquez. Hablábamos de algo, y yo estaba un poco distraído, porque este hombre me cansa, aunque me cae bien, una de esas personas que no se sabe por qué no tienen suerte en la vida, aunque él se ha hecho una carrera, no brillante, pero sólida, continuada más bien. Hasta la especialidad a la que se dedica es triste, la pintura religiosa española del barroco tardío, española y colonial. Es la parte colonial la que está dándole ahora más resultado. Hace treinta años su mujer lo dejó sin darle ninguna explicación y no se ha recuperado nunca. Lo dejó no, lo expulsó de la casa. Es una de esas vidas que se tuercen y ya no se recuperan, no se sabe por qué. Tiene una hija que ahora es una eminencia internacional en astrofísica. Parece que brilla sin ningún esfuerzo, a diferencia del padre. Hay gente que tiene brillo, y gente que no.

—Tú lo tenías, y lo perdiste —dijo Adriana Zuber—. Lo tenías conmigo.

Gabriel Aristu apartó los ojos pero siguió sintiendo la mirada. Tardó un momento en seguir hablando. La piedad incómoda hacia el profesor Máiquez se volvía afecto verdadero porque le estaba contando su historia a Adriana Zuber.

—Desde que su mujer lo echó de su casa la hija no ha vuelto a dirigirle la palabra. Le tengo simpatía pero me repele un poco. Creo que viene de un origen difícil, aunque no me lo ha contado. Estudiante con beca, de provincia, de familia pobre. Se le nota una falta de refinamiento, una tosquedad. A lo mejor se ha vestido bien, pero llega sudado. Come con ansia. Yo me siento culpable por fijarme en estas cosas. El caso es que no puedo evitarlo. Pero si no fuera por él yo no estaría hoy aquí. Él no sabe que le tengo esa deuda. Estaba un día hablándome sin que yo le hiciera mucho caso, porque andaba muy perdido en preocupaciones mías, en la sombra del cáncer, en los resultados de la revisión que iban a darme esa tarde...

—Adriana me contó. Te habrías muerto sin que yo me enterara.

—Estoy muy bien, limpio de todo, por ahora, eso me dicen. No me he sentido tan fuerte desde que era joven. Estaba distraído con todo eso aquel día, y mi pobre amigo historiador no paraba de hablar sobre pintores de segunda fila. Entonces dijo tu nombre y fue como si despertara.

—El nombre de mi hija. Te puedes imaginar cuánto me costó sacarla adelante. Ha dejado solo la inicial del apellido de su padre.

—... Pero lo dijo de pasada, y yo no sabía cómo hacer para que volviera a pronunciarlo, y me daba pudor pedírselo directamente, porque él seguía muy acalorado con sus divagaciones sobre aquellos pintores. Yo quería orientarlo, dirigirlo de vuelta hacia tu nombre, porque pensaba que podía estar refiriéndose a ti, pero no había manera. Bastante había hecho con decirlo, aunque fuera una sola vez. Lo dijo y aquí estoy.

(En la página web de Sarah Lawrence encontró, con un sobresalto del corazón, la foto y el nombre de la hija, y su dirección de correo electrónico. Le escribió desde su ordenador del banco, encerrado en el despacho, dando muchas vueltas a cada frase, a cada palabra, inseguro sobre si sería mejor escribir en español o en inglés. Para su gran alivio, para su creciente nerviosismo, le llegó una respuesta inmediata. Pero era un mensaje automático avisando de que la profesora Zuber estaba de viaje y podría tardar algún tiempo en responder. Esperó durante varios días. Consultaba el correo en el teléfono con una frecuencia inusitada para él, con cierto aire furtivo, si estaba en casa, si tenía cerca a Constance. En el mensaje había dejado su número. Una mañana, cruzando el parque hacia el West Side, recibió una llamada. Durante unos segundos de vértigo creyó estar escuchando la voz de la propia Adriana, extraña al principio, reconocida de pronto, al cabo de tantos años. Los tratamientos lo habían dejado muy débil, y tuvo miedo de marearse, de que le fallaran las piernas. También le había quedado después del cáncer una sensibilidad excesiva, una propensión embarazosa a las efusiones afectivas, a la congoja, a la felicidad, a las lágrimas. Tan viejo lo aquejaba una especie de adolescencia regresada. Hablaron en inglés y luego sin darse cuenta pasaron al español. En un idioma y en otro a él le costaba lo mismo expresarse. La Adriana joven le dijo que cuando era niña su madre le había hablado mucho de él. Tenía una voz cordial. Hablaba español con acento americano, intercalando palabras en inglés. Le dijo que muchos fines de semana viajaba a Nueva York. De hecho tenía planeado ir también el próximo, porque quería ver un recital de Yo-Yo Ma en Carnegie Hall. Quedaron en que ella se lo confirmaría. Empezó a oírse ruido de gente a su alrededor. O no consiguió oír que se despedía o la conexión se cortó. Gabriel Aristu no se atrevió a llamarla. Al día siguiente recibió un mensaje suyo. Suspendía el viaje con gran disgusto porque no quedaban entradas para el concierto. En vez de un punto puso al final de la frase un emoticono con cara de pena. Solo unas horas más tarde Aristu la llamó desde su despacho. Había conseguido una entrada para ella. No le dijo que se la había facilitado el propio Yo-Yo Ma. Tenía que esforzarse en hablar claro y alto en el teléfono. Le daba la impresión de que a ella le costaba entenderlo. Si ella estaba disponible la invitaba a cenar después del concierto, en un restaurante que estaba cerca de Carnegie Hall y que tal vez ella conocía, un sitio italiano tranquilo, Il Gattopardo, en la calle 54, a espaldas del MoMA. Era como un torpe aspirante a seductor de otra época, inseguro de conseguir una cita, ofreciendo tentaciones más sólidas que su dudoso atractivo personal.

No le dijo que él también iba a asistir al concierto. Sentado junto a Constance, desde su palco elevado, miró con los gemelos de teatro y la distinguió en el patio de butacas, su penacho de pelo rojo, en un asiento que él había ocupado muchas veces. Del todo nueva para él, la sensación de clandestinidad lo aturdía. Era domingo por la tarde y el concierto empezaba muy pronto. Conocía de memoria cada una de las suites para cello, y solía producirle una admiración mezclada de melancolía y envidia el modo en que Yo-Yo Ma las tocaba, pero esa tarde apenas lograba prestarles atención. Desde el escenario iluminado sus ojos derivaban hacia la mancha de pelo rojo en la quinta fila, entre tantas cabezas canosas.

Nada más salir, Constance tomó un taxi porque había quedado para cenar con un grupo de amigas. Él le mandó un mensaje a Yo-Yo Ma felicitándolo por el concierto, disculpándose por no ir a verlo al camerino. Eran solo las cinco pero ya anochecía. Se había levantado un viento ártico después del sol engañoso del domingo. Dio vueltas por las calles laterales entre la Quinta y la Séptima Avenida, desiertas y oscuras a esas horas, camino del restaurante. Como había previsto, en el restaurante había poca gente. Llegó pronto, y se puso en una mesa del fondo, de modo que pudiera ver bien a quien llegaba. Le gustaba el espacio no desmedido del restaurante, su techo bajo, su elegancia sobria, sus manteles blancos, su modernidad acogedora de los primeros años sesenta.

La hija de Adriana Zuber viniendo hacia él entre las mesas sin nadie fue al principio como un espejismo. Poco a poco la mirada se iba ajustando a lo real, como una lente que se enfoca después de varias tentativas. Era ella y no era. Era joven, pero no tanto como había parecido. Era mayor que su madre en los recuerdos de Gabriel Aristu. Hizo un cálculo rápido, aunque confuso. Tendría algo más de cuarenta años. Los pómulos pecosos estaban enrojecidos por el frío. Cuando se quitó el gorro de lana, el pelo rojo se desplegó como una llamarada. Por un momento lo miraron los ojos claros de Adriana Zuber en 1967. Poco a poco el brillo fue apagándose. La sombra del padre se filtraba en sus rasgos y los endurecía. Pensó con extrañeza súbita: «Podía haber sido mi hija». Ella le agradeció con fervor el regalo de la entrada, el asiento magnífico, tan cercano al escenario que podía ver con toda claridad las manos de Yo-Yo Ma, notar físicamente la vibración de la madera y las cuerdas. El entusiasmo la hacía parecerse de nuevo a su madre. Aristu no le dijo que él también había estado en el concierto. Callar cosas y guardar secretos habían sido habilidades profesionales para él. Eran una novedad en su vida personal, un aprendizaje tardío.

Ahora callaba y escuchaba. La miraba a ella hablar y se fijaba ya más tranquilo en sus gestos, buscando los de su madre, más seguro de sí mismo, ejerciendo su desenvoltura en la elección de la comida y del vino, lujos para ella tan inusitados, en su vida espartana de profesora asistente, como el asiento en el patio de butacas de Carnegie Hall, igual de agradecidos. Casi no era necesario hacerle preguntas. Animada por el vino, por el aire cálido después del frío de la calle, por la comida italiana, confiada ahora, contaba la vida que habían tenido ella y su madre, el escándalo que aún duraba cuando ella empezó a tener uso de razón, la piña solitaria que formaban las dos, huidas de Madrid, del padre irascible que había repudiado legalmente a su esposa y sin embargo la perseguía y la acosaba, la niña despertándose en mitad de la noche y la madre rodeada de libros y de diccionarios traduciendo a destajo, los largos años de obstinación y penuria, clases particulares de idiomas y de música, mudanzas repentinas, cambios confusos de ciudad y de escuela, la vida que poco a poco iba adquiriendo algo de sosiego, resumida allí, para él, en ese restaurante casi deshabitado en la noche del domingo, el vínculo fiero de amor entre la madre y la hija, como hermanas gemelas les decían algunas veces, la madre por fin editora respetada de literatura internacional y la hija asistente suya y al mismo tiempo estudiante de Historia del Arte, juntas siempre, inseparables, hasta que fue ella, la madre, la que la animó más a aceptar la beca de doctorado en Estados Unidos, cuando quizás ya sabía que la enfermedad estaba insinuándose pero la mantenía oculta, por orgullo tal vez, por su determinación inmemorial de valerse por sí misma, pero sobre todo por miedo a que la hija renunciara a lo que deseaba y merecía, otra Adriana Zuber mirando el mundo con los mismos ojos claros y asombrados.)

Solo al callarse se dio cuenta Gabriel Aristu de todo lo que había hablado, sin detenerse ni para tomar aliento. Había hablado tanto por miedo a que se hiciera el silencio, y a quedarse sin defensa delante de la mirada invariable de Adriana Zuber, o de una de sus observaciones cortantes, y también de la actitud alerta de Fanny, que aparecía y desaparecía, tan silenciosamente como si no empujara puertas ni pisara parquets; como una de aquellas santas o mártires de los cuadros religiosos del siglo XVII, el pelo negro y recogido, la cara seria y morena, las manos sosteniendo bandejas o búcaros de flores. En la mirada de soslayo de Fanny había también un conocimiento, un escrutinio. Quizás estaba alerta para defender a la señora de cualquier contrariedad, cualquier aspereza que alterara su salud y su presencia tan frágiles, por delegación de la hija ausente y por empeño propio, porque cuidando a la señora había alcanzado una familiaridad íntima con ella. Conocía su cuerpo y sus servidumbres y humillaciones físicas mucho mejor que la hija. Solo ella sabía cuánto le había costado a Adriana Zuber presentar el aspecto con el que recibía a este visitante que parecía extranjero. Había buscado por cajones y estuches los pendientes que la señora quería ponerse, y había estudiado su efecto junto a ella, delante del mismo espejo frente al que le pintó los labios y le dibujó la línea de las cejas. El hombre lento y nervioso que tragaba saliva y hablaba tan bajo que la señora probablemente no lo entendía bien se miraba las manos para no mirarla a ella y se quedaba callado, como absorto en el reloj de oro de su pulsera o en los puños o los gemelos también de oro de su camisa, pero de pronto había empezado a hablar con más seguridad, y luego había callado de nuevo, sin que la señora hubiera dejado de mirarlo con aquellos ojos tan jóvenes que a la misma Fanny la perturbaban por su agudeza, aunque ya estuviera acostumbrada a ellos, y supiera que no expresaban recelo ni malicia, sino una intensidad que no se apagaba nunca, y que tal vez permanecía igual de alerta en el insomnio, porque era posible que la señora, acosada por tantos dolores diversos, no durmiera nunca.

Fanny había salido después de dejar el servicio de té, y en el camino hacia la cocina había seguido oyendo la voz monótona del hombre, que explicaba con demasiado detalle algo sobre la hija de la señora, sobre la emoción que había sentido al verla de lejos y creer por un momento que estaba viendo a la señora misma treinta años antes. Pero ahora, aunque aguzaba el oído, en el pequeño cuarto de costura contiguo al salón, que era el mejor sitio para estar atenta a la señora sin interferir en la soledad de la que disfrutaba tan visiblemente, no lograba escuchar a ninguno de los dos, y el silencio le pareció tan prolongado que se acercó discretamente a ver qué sucedía. El visitante estaba en el mismo sitio, con una taza de té en las manos, como caldeándose con ella, y la señora lo miraba con un aire de indulgencia, de espera sin prisa, no queriéndole aliviar el peso del silencio ni la obligación y la dificultad de romperlo. De pronto Fanny, desde la habitación contigua, la veía más erguida, de perfil, casi sonriente, las manos posadas en el regazo, con los zapatos que ella también le había ayudado a elegir y le había puesto no sin dificultad, porque sus pies inertes estaban más deformados que sus manos.

Había dejado la puerta del cuarto de costura entornada, como hacía siempre que no tenía otra tarea que vigilar a la señora sin hacerse visible. Se distraía haciendo alguna labor, o se dejaba llevar por pensamientos y añoranzas de su lejano país, y de los hijos que había dejado en él, a los que ahora al menos veía las caras y escuchaba las voces cada día por Skype, pero sobre todo estaba atenta, como una enfermera en el turno de noche, dispuesta a salir en un momento si la señora lo requería, o si le pasaba algo y por delicadeza o pudor o resignación no se atrevía a llamarla, si intentaba levantar un vaso con sus manos débiles y se volcaba y se caía al suelo, o si se le caía el libro, cuando aún se empeñaba en seguir leyendo en papel, antes de que su hija le enseñara a manejar el iPad, que ella controlaba ahora solo con el roce de las yemas de los dedos, tan curiosos de observar para Fanny, que tenía unas manos grandes y fuertes, acostumbradas al trabajo vigoroso y también delicadas en la cocina y en las tareas de costura, manos de palmas anchas y ásperas que la señora agradecía cuando le daba masajes, con tal destreza que ya no requería la presencia regular de un fisioterapeuta. «Son ásperas tus manos y sin embargo tienen tanta dulzura, y saben tanto, Fanny.» Las manos de la señora tenían algo de infantil, pequeñas, en proporción a su cuerpo, con los dedos finos y huesudos, las uñas cortas, como unas manos de escolar, aunque había seguido tocando el piano hasta que se le agravó la enfermedad, tan delicadas que si Fanny las apretaba sentía debajo de la piel las articulaciones distendiéndose, manos infantiles y ahora decrépitas, torcidas por la enfermedad que iba taladrando y paralizando todos los huesos, todos los músculos de su cuerpo. La señora le había pedido esta mañana que le pintara las uñas del mismo rojo atrevido que los labios, pero al mirarlas cuando Fanny terminó de pintárselas hizo un gesto instintivo de esconderlas, un poco antes de que sonara el teléfono, porque la cita estaba confirmada desde varios días atrás pero la hija había indicado al visitante que llamara de nuevo esa misma mañana, una hora antes, por si su madre había pasado una noche peor de lo habitual y no se encontraba en condiciones de recibirlo, o por si había cambiado de opinión: qué sentido tenía, al cabo de tantísimos años, no dos antiguos amantes sino dos viejos, él y ella, él recuperándose de un cáncer, ella impedida, y en realidad desconocidos el uno para el otro, con dos vidas ajenas entre sí, que no habían sabido apenas el uno del otro desde hacía casi cincuenta años, le recordó la hija con un rigor de argumentación académica cuando Gabriel Aristu le propuso la posibilidad de aquella visita, en otro siglo y en otro mundo, esta hija ya más americana que española que tenía un puesto de profesora nada menos que en Princeton, que llevaba su nombre y había heredado su pelo rojo y rizado y sus mismos ojos, la inteligencia pero no la ironía o la dulzura.

Fanny se acercó más a la puerta entornada temiendo que hubiera sucedido algo, pero no quería interferir. Era preciso que la señora y el visitante se quedaran solos, que se acostumbrara cada uno a la presencia cercana del otro, después de la enormidad de espacio y tiempo de su lejanía, y quizás era bueno que durara el silencio, aunque les costara romperlo. En ese silencio de la habitación de al lado se oían los ruidos borrosos del tráfico, cerca y lejos, y el péndulo del reloj, que daba las horas descabaladas. Fanny distinguió el ruido de una cucharilla en una taza, el crujido de una silla bajo el peso de un cuerpo, el visitante que se erguía para dejar la taza en la mesa, y que luego emitía una tos seca, tragando saliva, aclarándose la garganta para hablar de nuevo, tan bajo que parecía que estuviera más lejos. Alce la voz, le daban ganas a Fanny de entrar y decirle, no sea tan ceremonioso, no tenga tanto miedo.

Era el miedo insensato a estar soñando y despertarse de pronto, como tantas veces que había estado seguro de ver a Adriana Zuber, diciéndose a sí mismo que sin la menor duda estaba despierto, y al decírselo sentir una sospecha insidiosa, aunque al principio inverosímil, porque aquello que veía y escuchaba tan claro, con detalles tan precisos, accidentales, hasta rebuscados, solo podía ser la realidad. Igual que ahora mismo, muchas otras veces a lo largo de los años se había encontrado frente a Adriana Zuber, y le había contado lo que le contaba ahora, casi con las mismas palabras, con variaciones que se atenían a un patrón invariable, como borradores sucesivos de un relato que no acababa nunca de lograr una forma definitiva. Estaba con ella, en un lugar algunas veces identificado y otras desconocido, feliz de haberla encontrado por fin, impaciente por contarle su vida y escucharla a ella contarle la suya, unas veces con la tranquilidad de tener mucho tiempo por delante y otras, la mayoría, inseguro y por eso más ávido de aprovecharlo, con la codicia mutua de contarse cosas y saber cosas del otro que habían sentido desde que se conocieron, y que con nadie más había compartido ninguno de los dos en un grado semejante. Estaban juntos en un presente tan vago como el lugar en el que se habían encontrado, y la gratitud sin reserva y el asombro sin escepticismo los embargaban como cuando eran muy jóvenes, y todo era tan claro, tan lúcido, tan real, que él no sentía la menor duda de que también era cierto. La experiencia de muchos sueños y despertares anteriores se filtraba en su conciencia, y él le decía a Adriana, orgulloso de una veteranía onírica que confirmaba su amor por ella, la lealtad de su memoria: «No sabes cuántas veces he soñado lo que estamos viviendo ahora mismo. Sueño que vuelvo a verte, y que me desahogo contigo, me desquito de todo el tiempo que hemos pasado sin vernos, de todas las cosas que no nos hemos contado. En mi sueño te cuento que ha habido épocas en las que no te he recordado, pero que nunca he dejado de soñar contigo. Sueño que te cuento todas las veces que he soñado contigo, y entonces me viene la sospecha de estar soñando, y me resisto a ella, no ya porque tema que sea verdad, sino porque sé que es verdad y aun así no quiero despertarme. Me resisto, te pido ayuda, te pido que me digas que ni tú ni yo estamos soñando, me quiero concentrar en lo real que sigue pareciéndome todo lo que veo, pero ya es inútil. El miedo a despertarme me hace despertar. Y cuando abro los ojos me siento engañado y estafado, y me parece mentira que hasta unos segundos antes todo haya sido tan real, yo haya vivido tan plenamente a tu lado».

Exactamente eso mismo que le decía ahora, con las mismas palabras, se lo había dicho otras veces en los sueños. Por eso el sonido de su propia voz le daba una sensación tan inquietante de irrealidad, no ya de estar en el interior de un sueño sino de otro mundo, no imaginario pero sí ajeno al mundo real y a su propia vida, la de todos estos años, la vida de América, ahora disipada, o dejada en suspenso, el trabajo febril de administrar dinero en cantidades colosales, su matrimonio, sus hijos, los nietos ahora, la malla tan tupida de sus relaciones y sus influencias, el apartamento en un edificio con librea en lo más restringido del Upper East Side, la casa sobre el Hudson, en la que ahora mismo estaría su violoncello dentro de su estuche, apoyado en una pared, cerca del atril donde había quedado abierta la partitura de la Suite n.º 1 de Bach con las minúsculas anotaciones a lápiz de Pau Casals: nada de todo eso, que le había importado tanto, que veía como congelado en espera de su regreso, nada sentía como suyo ahora mismo, porque nada de eso tenía ninguna conexión con Adriana Zuber ni con este momento en el que estaba frente a ella, en el que examinaba con amor incondicional, y con la misma atención codiciosa, los signos del tiempo y de la enfermedad y los de la perduración de la mujer joven de la que había estado enamorado, y a la que ahora tenía la oportunidad sagrada y el coraje de decirle lo que nunca le había dicho tan claramente en la realidad, pero sí con frecuencia en los sueños favorables en los que Adriana lo miraba sin recelo y lo escuchaba no solo con los oídos sino también con los ojos, como quien se fija mucho en los labios para descifrar las palabras que no puede oír. Se escuchaba a sí mismo y notaba en la voz una seguridad y una franqueza que nunca había tenido, una especie de integridad en la expresión verdadera de lo que había en su alma, como si hubiera roto a hablar con toda fluidez en un idioma difícil, exótico, de una riqueza mucho mayor que el suyo habitual.

No escondía nada. No disimulaba nada. No practicaba la desenvoltura teatral del habla americana. No decía una sola mentira. No expresaba nada que no contuviera lo más secreto y verdadero de su alma. Hablaba sin pararse a pensar lo que iba a decir. Ahora ya no eludía la mirada de Adriana Zuber porque no había nada que quisiera ocultarle o que no se atreviera a decirle con las palabras justas que debían ser dichas. No había nada de lo que sintiera vergüenza. No había ninguna necesidad de cautela. No había nada en lo que decía que ella no pudiera comprender sin la menor incertidumbre. No tenía que disimular ante ella. Lo que él era y había sido verdaderamente solo se podía revelar para ella. Al alejarse de Adriana Zuber, de quien se había apartado era de sí mismo, de las mejores posibilidades que había en él. No es que la hubiera traicionado, ni que la hubiera olvidado. Lejos de ella había dejado de ser quien era; había abolido la vida que le correspondía, la identidad suya que solo cristalizaba por contacto con ella, en virtud de su influencia apasionada y lúcida. No había fingido ser otro, con histrionismo americano, por tener una vida completa lejos de ella, en otro país y en otro idioma; desligado de ella, simplemente había sido otra persona, sin necesidad de disimulo, con toda convicción, intoxicado por los alicientes de la vanidad y del dinero, de la sensación de poderío, la embriaguez del ascenso social. Veía la vida de Adriana Zuber paralela a la suya, borrada abruptamente cuando dejaron de verse, restituida primero en la conversación de varias horas que había tenido en Nueva York con su hija, completada ahora, en la indudable realidad del encuentro, que sin embargo seguía teniendo una luz parecida a la de los sueños, como un punto de gasa en el aire. Se veía de niño, como en un álbum de fotos, una silueta medrosa bajo la tutela de su padre, un alumno modelo, destinado a convertirse en lo que otros esperaban y decidían a sus espaldas, lo que no necesitaban formular para que él obedeciera.

—Tu padre —dijo Adriana, con su gesto antiguo de guasa en los labios malogrado ahora en parte por la rigidez muscular, con la ironía intacta en su mirada—. Tu padre, tu madre, tu hermana, tu sagrada familia. Cómo te rodeaban, aunque no estuvieran presentes. Cómo mandaban sobre ti. Igual te fuiste tan lejos porque era la única manera de librarte de ellos.

—No hacía falta que me mandaran. Yo era obediente.

—¿Sabes lo que he pensado muchas veces? Que maniobraron para que te dieran aquel trabajo en California para alejarte de mí. Unas veces me miraban como si yo fuera una amenaza y otras no me miraban y era como si yo no existiera.

—Te habías casado. No les parecía propio que siguiéramos viéndonos.

—Mucho antes. Desde el principio. Desde que estábamos en el bachillerato y me vieron contigo en aquella función de *Antonio y Cleopatra*. Desde que salíamos del conservatorio y ensayábamos juntos en el salón de tu casa. No se fiaban de mí. Ninguno de ellos. Tenían miedo de que por culpa mía no estudiaras todo lo que debías. De que te desviaras de tu camino. De que yo te pervirtiera. Pero no había nadie más inocente que yo.

—Yo era todavía más inocente.

—Más dócil. El hijo modelo. El primogénito. Hasta tu hermana estaba a tu servicio. A ella no le dejaron estudiar una carrera porque el dinero tenía que reservarse para tus doctorados en el extranjero. Me acuerdo de aquellas fotos tuyas que había en tu casa. Tu madre las enseñaba con orgullo. De niño, con pantalón corto, ya parecías un notario. Tú no te dabas cuenta, pero en aquella casa costaba respirar. Con toda amabilidad y sin decir una palabra te hacían saber que no eras de los suyos. Os movíais como si tuvierais miedo de romper algo. Bajabais la voz para decir cualquier cosa como si alguien os pudiera estar espiando. Bastaba que tú tosieras un poco para que todos se alarmaran. El príncipe heredero. El miedo a que no pudiera heredar la corona. O a que lo sedujera una lagarta y lo hiciera renunciar a ella.

—Mis padres habían sufrido mucho en la guerra.

—Ya los estás defendiendo, igual que entonces. Tu padre mártir, el temblor en las manos, el pelo blanco desde los treinta años.

—Se despertaba gritando todas las noches.

—Mi padre y mi madre escaparon de Polonia por puro milagro. Mis cuatro abuelos y todos mis tíos y sus hijos ardieron en los hornos.

Ahora sabía por qué no era un sueño lo que estaba viviendo: en los sueños, Adriana Zuber pocas veces hablaba, o lo que ella decía no estaba dicho con su voz, o sus palabras borrosas se quedaban perdidas en el despertar. La voz de Adriana Zuber podía ser invocada, pero era tan difícil de recordar como el brillo de sus ojos. La plenitud de su presencia era inaccesible para la memoria. Gabriel Aristu pensó tristemente en las limitaciones del recuerdo, escuchando de nuevo, reconociendo, la música limpia, la transparencia del castellano de Madrid en la voz de Adriana Zuber, no el Madrid extranjero de ahora, sino el del tiempo en que los dos eran jóvenes.

—Yo lo había arreglado todo para que pasaras conmigo tu última noche. Pero no pudiste porque tus padres y tu hermana te habían preparado una cena de despedida.

—¿Ya no te acuerdas? Pasamos toda la noche juntos. Tu marido estaba de viaje. Salí de aquí cuando estaba amaneciendo. Recogí mis maletas y me fui al aeropuerto. Me acuerdo de todo como si lo viera.

—Es otro de esos sueños tuyos. No pasaste la noche sino la tarde. Te pedí que te quedaras. No dijiste nada pero según se hacía tarde me di cuenta de que ya no estabas del todo conmigo. Aunque tú no quisieras, estabas yéndote ya a tu California. Y estabas pensando que llegarías tarde a la cena con tu familia.

—Nunca más he pasado una noche como esa en mi vida.

—Una tarde. Unas horas. Llegaste a las cuatro y te fuiste a las nueve. Tenías tanta prisa que ni siquiera te duchaste. Cuando te acercaras a besar a tus padres olerías muy fuerte a mí. A todo lo que habíamos hecho.

—No me he olvidado nunca.

—Claro que te olvidaste. El que se va es el que olvida primero. Saliste por esa puerta y has tardado cuarenta y siete años en volver. Me mandaste una postal con un tranvía de San Francisco. Un tranvía, ni siquiera el puente. ¿Te acuerdas de que vimos juntos la película de Hitchcock? Busqué la música de Bernard Herrmann y me gustaba tocarla cuando venías a casa con otros invitados. Aquí mismo, en este salón, en ese piano. Había más gente, y estaba mi marido, pero tú y yo sabíamos que la estaba tocando para ti. La postal del tranvía la tengo guardada por ahí, con todas tus cartas, las que me habías escrito antes. Le puedo pedir a Fanny que la busque.

En la manera sigilosa en que sucedía todo, Fanny apareció en el umbral, como si se hubiera materializado por efecto del sonido de su nombre. Hacía tiempo que la señora no estaba tan erguida, no hablaba tan claro. Fanny sabía el esfuerzo que le estaba costando. Se le había desprendido sobre la frente un mechón rizado de pelo blanco y le caía como un rasgo juvenil a un lado de la cara. Después de un rato largo oyendo la voz monótona del visitante, verlo de nuevo le producía extrañeza a Fanny, un desajuste entre la voz neutra y oscura del hombre y su presencia física, que había cambiado sutilmente desde que llegó, sólida y sin embargo como desamparada, ansiosa, ilusionada, incómoda, temerosa, como si estuviera en un sitio oficial donde su dominio de sí mismo se desvanecía poco a poco, como en la sala de espera de un médico, aguardando algo con más incertidumbre que esperanza. Era más fuerte y estaba visiblemente más sano que la señora, pero parecía más viejo que ella, más inseguro, a pesar de su corbata de seda y su pañuelo a juego en el bolsillo alto de la chaqueta, y los gemelos dorados en los puños de la camisa que sobresalían cuando agitaba con torpeza las manos, una elegancia excesiva, incongruente en aquel salón de cosas tan gastadas, en esa hora de la mañana. Según el modo en que él y la señora se miraban parecía que estuvieran muy cerca el uno del otro, en un reducto privado que a Fanny no se le habría ocurrido traspasar, y ni siquiera acercarse demasiado. Y al mismo tiempo, cada uno en su silla, Gabriel Aristu incómodamente en el filo de la suya, separados por la mesa del té, estaban a una gran distancia, como en un acto oficial, sujetos a un protocolo anticuado y muy rígido, que los dos obedecían por un sentido instintivo de la formalidad.

Fanny y la señora se entendían por gestos, por miradas rápidas. Las palabras eran una forma de comunicación secundaria entre ellas. Fanny retiró la bandeja con el servicio de té sin hacer ningún ruido, acentuando el silencio en que la señora y el visitante habían caído de nuevo, y en el cual se oían de nuevo los sonidos de la calle, la realidad del mundo exterior, de la mañana, ya casi mediodía, de principios de junio, al otro lado de postigos y visillos entornados, el mundo cada vez más lejano para Adriana Zuber, que ya apenas se asomaba a él, a no ser por alguna revisión médica inevitable, cuando tenía que aceptar la vejación de que Fanny y el portero del edificio la sostuvieran entre los dos como un peso muerto para recorrer la escasa distancia entre el ascensor y la calle, incluyendo los tres peldaños antes invisibles y ahora cada vez más difíciles que bajaban a ella. Al principio de la enfermedad, cuando aún podía moverse con la ayuda de un andador, había dado breves paseos por la acera, hasta la esquina de Velázquez, en las mañanas de buen tiempo, bajo la sombra de las acacias. Había echado amargamente de menos los paseos por el Retiro, sus caminatas vigorosas por la ciudad que podían durar horas, y la llevaban a las perspectivas abiertas de Madrid, a los horizontes de las Vistillas y del Paseo de Rosales. Había conocido palmo a palmo el barrio de Salamanca, en el que sus padres se instalaron al llegar a la ciudad, en una época de su primera infancia de la que casi no le quedaban recuerdos. Había amado las tiendas del barrio, los ultramarinos, las lecherías, las mercerías, las ferreterías, los talleres mecánicos, con sus profundidades olorosas a gasolina, a grasa, a goma de neumático. Cuando ella y Aristu empezaron a salir juntos era ella quien le enseñaba a él las tabernas, las colonias recónditas de chalets, los desmontes de aquel Madrid que aún tenía límites visibles, esquinas iluminadas de noche en las que terminaba la ciudad, descampados con ruinas de la guerra. Nacido en Madrid, él no parecía que se hubiera fijado. Iba de un lado a otro en sus tareas y sus obligaciones, con sus carpetas de apuntes o de partituras, y no observaba la belleza cotidiana del mundo, concentrado en sus estudios y la otra belleza abstracta de la literatura y de la música. Le decía a Adriana, con un asombro tan agradecido que tenía algo de pueril: «Tú me has abierto los ojos». Cuando empezó a viajar fuera de España se fijaba en las cosas queriendo verlas como Adriana las habría visto, y se guiaba por lo que imaginaba que ella querría leer cuando le escribía.

Pero ahora ella no quería salir y ya no lo echaba de menos. La ciudad era ruidosa y violenta. Cuando todavía era capaz de valerse por sí misma y salía sola a la calle, o del brazo de Fanny, le daba pánico que la embistiera y la tirara al suelo alguno de aquellos seres enérgicos, hombres o mujeres, que iban por las aceras como cabalgando, con un implacable piloto automático mientras avanzaban en línea recta hablando y gesticulando, con los teléfonos adheridos a la oreja, o, peor aún, con alguno de aquellos micrófonos invisibles que les permiten hablar en voz alta moviendo las dos manos, igual que los locos antiguos cuando discutían con adversarios inexistentes. La vejez empezó siendo el miedo a tropezar y caerse, a no ver el siguiente peldaño al bajar una escalera, a ser arrollada por alguien más rápido. Ahora ni siquiera le pedía a Fanny que la pusiera junto al balcón. Prefería estar de espaldas a la calle, como estaba ahora mismo, y oírlo todo de lejos, sin verlo, como si oyera el mar, como un enfermo o un inválido en un hospital cerca del mar, imaginaba ella, previendo sin sentimentalismo las fases futuras, ya inminentes de la enfermedad, sobre la que leía en páginas especializadas de internet, en contra de los consejos de su médico y de su hija, y a escondidas de la vigilancia silenciosa de Fanny, que aprovechaba cualquier obligación para mirar de soslayo la pantalla del iPad y la reñía benévolamente, con dulzura invariable, «Señora, no crea que no me di cuenta, que no sé lo que está mirando. Ya usted sabe cómo se va a enojar la señorita Adriana si se lo cuento».

Ahora, recogida la bandeja, Fanny miró por hábito la pantalla apagada en su soporte, y las manos enlazadas de la señora, que casi no temblaban, embellecidas por el esmalte rojo de las uñas y el brillo de una piedra de azul nebuloso que la señora había elegido después de mucha deliberación esa mañana, un poco antes de que llegara la visita, cuando se dio cuenta de que no llevaba ningún anillo. Ya no tenía destreza en las manos para ponérselos ella misma. Y los dedos se le torcían y se le hinchaban tanto que a Fanny, por muy delicadamente que lo hiciera, le costaba mucho quitárselos luego sin hacerle daño.

—Tus manos —dijo el visitante, olvidado de la presencia de Fanny—. Qué bien me acordaba de ellas. Tus uñas cortas. Tus dedos tan finos. Huesos de pájaro, decías tú. Quería apretártelas y me parecía que iban a quebrarse. Siempre estaban frías. Te acuerdas del frío que hacía en aquellos cines tan grandes. Guardabas tus manos en las mías para que te las calentara.

Ahora la voz tenía otra vehemencia, aunque no sonara más alto. Fanny pasó en silencio a su lado y la señora la seguía con los ojos, pero el visitante no la veía o no registraba su presencia. Al principio, recién llegado, parecía perturbado por Fanny, incómodo por su cercanía, nervioso, estirado, alarmado por cualquier cosa, con todo tipo de gestos reflejos, estirarse los puños de la camisa, tocarse los gemelos de oro o el nudo de la corbata, aliviarse la rigidez de la tela del pantalón en las rodillas, mirarse las manos, mirar furtivamente el reloj, tan cuantioso como los gemelos o como los zapatos hechos a mano. Pero poco a poco, según pasaban los minutos, según se hacía más regular el sonido de las dos voces contra el fondo de los ruidos de la calle, en el visitante se había ido operando un cambio, o más bien una sucesión de ajustes sutiles, y ahora sus pies se aposentaban con más seguridad en el suelo y sus ojos no se apartaban ni un momento de la señora, y buscaban su mirada en vez de eludirla. Ya no parecía uno de esos hombres de cierta edad a los que Fanny había estado subordinada toda su vida, en varios países, de los que emanaba el dominio. Tan físicamente como el olor a cuero, a ciertas marcas de colonia, muchas veces a tabaco y a whisky. Ahora su cuerpo se asentaba de otra manera, hasta con un principio de vulnerabilidad y abandono, en una alerta dolorosa, desligada de todo lo que no fuera la presencia de la señora, en la que Fanny advertía cambios tal vez menos marcados, aunque también evidentes, una coquetería recobrada, un control de sí misma que estaría costándole un gran esfuerzo interior, visible en gestos de fatiga que solo Fanny advertía, y de los que el visitante no se daba cuenta, porque le faltaba el adiestramiento necesario, y porque en su manera de observar a la señora y de dirigirse a ella había un cierto grado de ensimismamiento, quizás también de timidez. A veces parecía estar hablando no para ella sino para sí mismo, perdido en el fondo de su propia memoria. Eran como dos antiguos amigos inclinándose sobre un álbum de fotos. Pero a él ese álbum lo absorbía tanto que se olvidaba de que no estaba viéndolo él solo. Detrás de la puerta entornada Fanny oía la voz de la señora.

«Me querías tanto y nunca hiciste nada por conquistarme, como decíamos entonces. Quizás te bastaba con eso, y como no tenías mucha imaginación dabas por supuesto que yo te quería igual. Y tampoco querías perturbar a tu familia. Igual no me querías tanto como pensabas, o no estabas enamorado de quien yo era. Estabas enamorado de tu amor por mí.»

Pero eso fue más tarde, un poco antes de que se hiciera otro silencio, tan largo que Fanny se asomó furtivamente por si había pasado algo, si la señora necesitaba reposo. El visitante se había puesto en pie. Sonaba reiteradamente la vibración de un teléfono. Era sin duda el suyo, pero el visitante hacía como si no lo oyera. «Te están llamando», dijo la señora, con mucha fatiga en la voz, con fastidio. Bastaría una señal suya y Fanny le haría saber al visitante que era el momento de irse. Aristu, muy apurado, miró el teléfono como si fuera un objeto extraño y se apartó hacia el pasillo, haciendo un gesto confuso de disculpa. Hablaba bajo, en inglés, de una manera neutra, frases breves intercaladas de silencios. Podía estar hablando de negocios. Mientras él no la veía, a la señora se le había inclinado la barbilla sobre el pecho. Era como cuando Fanny entraba y la veía tan perdida que no se había dado cuenta de su presencia. El visitante volvió. Antes de guardar el teléfono se aseguró de que lo había apagado. A través de los visillos venía de la calle una claridad gris en la que no había indicio del paso de las horas. Podían ser aún las diez de la mañana o estar empezando el atardecer. Ahora el visitante había acercado su silla a la señora.

—Yo no he querido a nadie más que a ti en toda mi vida. Te quise muy torpemente y por eso te perdí. Te quise desde el primer día que nos vimos en aquella clase de teatro del Instituto. Nadie me ha trastornado nunca como tú. No había nada de ti que no me gustara. Me gustaban tu ropa y tus medias y los calcetines que te ponías encima de las medias cuando hacía mucho frío, y tus guantes de lana, y tu pelo rojo, y los gorros que llevabas en invierno, y las cintas que te ponías en el pelo. Todo lo que te pusieras o lo que dijeras era una razón para quererte más. A mí me daba pena no tener amigos, pero te conocí a ti y ya no me hicieron falta. Me gustaba esa forma de tus cejas y también me gustaban tus manos y tus uñas y la manera en que mordías el lápiz cuando escuchabas una explicación en clase. No había nada en ti que no alimentara mi amor. Una vez nos despedimos, y yo subí al tranvía, y tú echaste a correr por la acera para no quedarte atrás. Te dio el viento en la cara, y te apartó el pelo de la frente. Hasta ese momento yo no me había fijado en la forma de tu frente, porque siempre la cubría el pelo. Entonces te quise más porque esa frente inesperada era tuya. La vi de pronto en tu hija, cuando nos citamos en Nueva York. El viento le apartó el pelo de la frente y eras tú, aquel día en Madrid. Cuando me he olvidado de ti has seguido apareciendo en mis sueños. He soñado contigo en hoteles de ciudades de medio mundo. Sin que lo supiera nadie has estado muchas veces conmigo en mi dormitorio de Nueva York. Uno de mis mejores sueños lo tuve en un avión volando de Washington a Buenos Aires, en un viaje horrendo por cuenta del Banco Interamericano. Tenía tanto trabajo pendiente y tantas reuniones a cara de perro por delante que me quedé dormido con la mesa plegable llena de papeles, con el portátil abierto. Pero no es que fuera uno de mis mejores sueños. Fue sin más uno de los mejores momentos de mi vida, porque yo lo vivía como si fuera real. Estábamos tú y yo creo, creo que aquí mismo, pero no estoy seguro. Era aquella noche, pero también mucho después. Tú llevabas un vestido rojo y luego estabas desnuda. Parecía que estabas más desnuda todavía porque el contraste con el rojo hacía más clara tu piel. Era estar viviendo algo en presente y estar recordándolo, pero con un lujo de detalles concretos que no existe en los recuerdos.

—Cuéntame cómo era —dijo la voz de Adriana Zuber detrás de la puerta entornada.

—Tú me guiabas. Te movías despacio, hacia un lado y a otro, me hacías quedarme quieto, ir más lento, más suave, más rápido, suave otra vez. Me mirabas a los ojos, con tus ojos muy abiertos. Te abrías más a ti misma con las dos manos. Estabas...

—Estaba qué.

—Me cuesta decirlo en español. Me da vergüenza. *You were coming.*

—Y qué pasó entonces.

—No sabía quién era yo ni quién eras tú, dónde empezaba o terminaba cada uno. *I was about to come too.*

—Ibas a correrte.

—Era como una catarata de felicidad a punto de caer sobre mí, un alud, una ola que nos tragaba a los dos. Tú no sabes cómo resplandecía tu cara.

—¿Es el sueño o es el recuerdo?

—Los barrotes de la cama hacían ese ruido, se movía mucho. Parecía que íbamos a caer abrazados al suelo. Temblaba la casa entera. Te abrazabas a mí y los dos estábamos muertos de miedo, y también nos daba igual, no nos importaba morirnos juntos en ese momento.

La mujer joven, intocada por la enfermedad, no gastada por la amargura del tiempo, lo miraba en los ojos de Adriana Zuber.

—Era una turbulencia que acabó despertándome. El portátil y los papeles se cayeron por el suelo. Yo lo recogía todo y no quería que se me olvidara mi sueño. Pero si no hubiera sido por esa turbulencia lo más probable es que no hubiera ni llegado a enterarme de que lo había tenido. Ya tengo mucha experiencia. Me da pena pensar en todos los sueños en que habré estado contigo y no me habrán dejado ningún rastro. Este lo escribí de inmediato, para que no se perdiera, con mucha dificultad, mientras la turbulencia seguía, con una letra que luego no había manera de comprender. Los sueños dejan un recuerdo tan frágil que hay que esforzarse en no perderlos. Luego yo estaba en Buenos Aires, en aquellas reuniones con gente del gobierno y del banco central, en aquel país que se derrumbaba, y lo que hacía era recrearme en mi sueño contigo.

—¿Y no te preguntabas qué estaría haciendo yo en ese momento? ¿No te daban ganas de llamarme o de escribirme?

—Llevaba tanto tiempo fuera de España y sin saber nada de ti que no me parecía que vivieras en la misma realidad que yo, en la realidad del mundo. Es raro ahora darse cuenta. Tú no estabas en el mismo mundo en el que yo me movía. El de mi mujer, mis hijos, mi trabajo, mi vida. Yo me había vuelto americano. Pasaba meses sin hablar ni pensar en español, sin ninguna conexión con España. Hasta mis sueños eran en inglés. No me acordaba de mi padre, ni de mi madre. Mi hermana era una sombra para mí. Mi padre y mi madre habían desaparecido de mi vida mucho antes de morirse. Después de muertos han vuelto a aparecer en algunos sueños muy tristes. Solo tú volvías en ellos de verdad. Llegabas sin pedir permiso. Sin ninguna necesidad de que yo me esforzara en recordarte. Sin que te afectara mi determinación de olvidar para concentrarme en el empeño de hacerme americano, al que he dedicado muchos años sin saber que en el fondo era inútil. Cuanto más tiempo pasa y mejor conoce uno ese país, más extraño se le vuelve. Yo no sabía que no estaba aprendiendo a ser americano, sino a ser extranjero. Tan extranjero que ahora donde más lo soy, después de en Estados Unidos, es en España.

Lo había sentido más que nunca cuando llegó de Ginebra la noche anterior, cuando miraba por la ventanilla del taxi los descampados áridos de las afueras de Madrid, la ciudad que era todavía más extraña porque llegaba a ella de noche y no había avisado a nadie de su viaje, salvo a Adriana Zuber, y también, ya casi se le olvidaba, a Julio Máiquez, que estaba en Madrid, y al que en tantos años de algo que no llegaba a ser del todo una amistad no había visto nunca en España. Pero no le había dicho a su hermana que venía, y tampoco a Constance, que en cualquier caso no habría recelado de ese viaje. Eso le daba un sentimiento de vaga culpa anticipada, como de adulterio, y hacía más poderosa la extrañeza de su presencia solitaria en Madrid: como un fantasma, o como un espía, un fantasma que fuera al mismo tiempo un espía, identificándose con su pasaporte americano en el aeropuerto y en el hotel, donde sin darse cuenta le habló en inglés al recepcionista. Dejó su maleta ligera encima de la cama y se quedó un rato sentado junto a la ventana, sin encender la luz, inseguro de la realidad de ese momento de su vida en el que nadie podía saber dónde se encontraba. Llamó a Constance pero no dio con ella. Le dejó un mensaje hablándole del silencio sobrenatural de Ginebra, lo cual no era del todo mentira, ya que había estado paseando en ese silencio por la orilla del lago esa misma mañana, hipnotizado por la bruma sobre la lisura del agua. La única claridad en la habitación era la pantalla del teléfono. En esa penumbra se sentía protegido, a salvo en su secreto. Tragó saliva al marcar con cierta torpeza el número que le había dado la hija de Adriana. Con un desasosiego semejante la había llamado muchas veces, a otro número que ya no existía pero que él seguía sabiéndose de memoria. La voz que contestó no era la de Adriana Zuber. Quizás ella ya no estaba en condiciones de sujetar el teléfono. Era una delicada voz de mujer de América Latina, Ecuador o Perú. En otras épocas en España no se escuchaban esos acentos, solo el duro español peninsular, el mismo que él hablaba, como si nunca se hubiera ido de Madrid.

La voz preguntó quién llamaba. Dijo educadamente que la señora en ese momento no podía ponerse. Confirmó la cita, mañana en la mañana, día martes, a las diez. Salió a la ciudad y ya era tarde y había poca gente. En el avión le habían dado de cenar con solvencia suiza y no tenía hambre. Madrid era una de esas ciudades abstractas por las que uno se extravía en los sueños. Uno sabe que está en Madrid, o en Ginebra, o en Buenos Aires, pero no hay ningún rasgo objetivo que justifique ese conocimiento. Por las aceras del barrio de Salamanca Gabriel Aristu se cruzaba con personas que le resultaban del todo extranjeras y que pasaban a su lado sin reparar en su existencia. Se detuvo en una esquina, en una calle recta y estrecha. No pudo leer el nombre porque la copa de un árbol tapaba la placa. Pero sabía dónde estaba, de nuevo a la manera en que se saben las cosas en los sueños. Estaba parado frente a una puerta con filigranas de hierro forjado, junto a un restaurante de tamaño desmedido y aire tropical, palmeras en macetas grandes y pájaros exóticos en el papel pintado de las paredes, una decoración y una amplitud que le costaba mucho asociar a Madrid. Unos camareros recogían mesas y apagaban luces. El viaje, el cambio de ciudad, le habían trastornado el sentido del espacio tanto como el del tiempo. Alzó los ojos y por encima de los ventanales del restaurante reconoció el edificio en el que vivía Adriana Zuber. Había algunas ventanas encendidas, en diferentes pisos, pero no estaba seguro de que alguna fuera de la casa de ella. Podía haber llamado entonces. Podía no haber esperado a la mañana siguiente, haberse ahorrado las horas de insomnio, echado en la cama, sin quitarse la ropa, ni siquiera los zapatos, sin abrir la maleta, dedicado únicamente a esperar, concentrado en la espera, como un espía al lado de un teléfono que puede sonar de un momento a otro o no sonar nunca. Se quedó dormido cuando empezaba a amanecer, y al cabo de un rato se despertó de golpe, sin recordar ningún sueño, sin saber dónde estaba, temiendo que se le hubiera hecho muy tarde y hubiera perdido para siempre la oportunidad de ver a Adriana Zuber.

—Tenía miedo de morirme sin haber podido contarte todas las cosas que te he contado en los sueños, sin que tú llegaras a saber todo lo presente que has estado en mi vida. Tomaba decisiones de las que no estaba seguro y me preguntaba si tú las habrías aprobado. Había cosas que dejaba de hacer porque no tenía la menor duda de que te disgustaría que las hiciera. Veía una película, o leía un libro, o me entusiasmaba en un concierto, y entonces me entraba la duda sobre si a ti te habría gustado o no. Cuando me iba a jubilar arreglé mi estudio en la casa de campo imaginando que tú podías verlo. Imaginaba que te decía: «Ya estoy haciendo lo que tú me pedías que hiciera. Ya no voy a dedicarme a nada más que a la música».

Se miró las manos, abriéndolas en un gesto de capitulación o de disculpa.

—Pero me parece que ya es tarde. Siempre seguí tocando, más o menos, pero no fue suficiente. Y mis manos ya no son lo que eran. Los dedos han perdido mucha memoria.

—Los míos ya no recuerdan nada. A mis piernas se les ha olvidado cómo moverse. Primero se les olvidó cómo dar un paso después de otro. Cada día se me va olvidando algo más. Yo sí me acuerdo, de todo, con mucho detalle, pero mi cuerpo no, ni siquiera mi lengua. Me acuerdo de las palabras pero muchas veces no sé cómo decirlas. Dentro de poco a mi lengua se le habrá olvidado hablar. A los pulmones se les irá olvidando la respiración. Por desgracia, el corazón será el que más tarde en olvidarse de seguir latiendo.

—Tu hija me contó. Me dijo que los médicos se asombran de tu fortaleza. Que no han visto una fuerza de voluntad como la tuya.

Adriana Zuber lo miraba en silencio. La claridad suave de la ventana alumbraba la tersura de su piel, la forma intocada de los pómulos. Tardó un poco en hablar de nuevo. Aristu se fijó en la forma tan deliberada con que formaba las palabras en sus labios pintados de un rojo más fuerte por el contraste con la blancura lisa de la piel y el brillo de los ojos.

—Yo no quería que ella naciera. Habría querido que fuera hija tuya, eso sí. Cuando te fuiste, después de aquella noche, tardaba mucho en venirme la regla. Quería que no viniera. Quería estar embarazada de ti. Pensaba que no se lo diría a nadie, ni a ti tampoco. Bien sabía yo que eso era lo último que hubieras deseado en ese momento. No me importaba que el otro pensara que el hijo o la hija era suyo, o que hiciera cálculos y se diera cuenta de que eso era imposible. Quería que mi hijo fuera tuyo y lo quería para mí sola, para que nadie más lo supiera en el mundo. Notaba síntomas, mareos, náuseas por la mañana. Pensaba que nuestro hijo secreto ya vivía dentro de mí, aunque tú te hubieras ido tan lejos. Me llevé un disgusto muy grande cuando por fin me vino la regla.

—Se me ocurrió pensarlo cuando conocí a tu hija. Era un disparate, pero lo pensaba.

—Espera. No digas nada. Hay algo más. Mi vida con el otro era cada vez peor. Un tormento diario. Me ignoraba y también tenía celos de todo. No dejó de tenerlos de ti ni cuando hacía tiempo que te habías ido. No teníamos relaciones. Una noche fuimos a una cena y yo bebí más de la cuenta. Volviendo a casa en el coche ya le decía que me dejara irme, que no quería vivir con él. No tenía costumbre de beber y estaba muy borracha, pero sabía muy bien lo que estaba diciéndole. Le dije que parara, que quería bajarme allí mismo del coche, que si no paraba iba a abrir la puerta y a tirarme en marcha. Luego estábamos en la casa y yo había empezado a desnudarme pero me daba vueltas todo. Me tropecé con las medias o con los tacones y caí en la cama. Él se echó encima de mí y yo estaba tan borracha que no me daba cuenta del todo de lo que pasaba pero quería quitármelo de encima, le daba puñetazos, le clavaba las uñas. Se apartó de mí y luego no sé lo que pasó. Perdí el conocimiento. Estaba medio vestida y había caído encima de la colcha, pero cuando desperté estaba desnuda y dentro de la cama. Creí que había dormido un momento, pero miré el reloj y eran las tres de la tarde. Me estallaba la cabeza. Tenía un sabor espeso en la boca. Él entró en el dormitorio trayéndome un café y una aspirina. Me dijo con buen humor que los dos iban a hacerme mucha falta. Parecía otro. Me dio un beso. No habló nada más de la noche anterior. Yo me acordaba bien de todo lo que le había dicho, de la pelea en el coche, de la llegada aquí, pero nada más.

Fanny, desde el umbral, notó que le faltaba el aliento. Su barbilla se había inclinado un poco más hacia el pecho. Pero tragó saliva y volvió a hablar. En ningún momento apartaba los ojos del visitante.

—Esta vez no acabó por venirme la regla. Yo no quería que esa cosa siguiera creciendo dentro de mí. No quería que él se sintiera orgulloso, ni que su hijo me atara más a él. Lo que yo quería era abortar. Hice todo lo que pude, pero no fue posible. No era fácil entonces. Yo no tenía a nadie que me ayudara. Tú entonces ya no me escribías. Que tú no pudieras saber lo que me estaba pasando era lo más triste de todo. Que no pudieras saberlo y que no te importara. Tú estabas en tu California y yo en el Madrid de la Santa Inquisición. Lo que yo he querido con más fuerza y con más rabia y más constancia en la vida ha sido que mi hija no naciera. Eso no se lo podré decir nunca. No podrá saber en qué noche horrible y de qué manera fue concebida. Lo pienso muchas veces, cuando la miro, tan limpia de ese origen que tuvo, de aquel espanto. Yo no quería que naciera y es el único bien de mi vida.

El silencio fue ahora mucho más largo. No sonaba ninguna de las dos voces. Parecía que el tiempo se hubiera detenido. Fanny oyó que una silla se arrastraba sobre el parquet. El visitante se había acercado a la señora, se inclinaba hacia ella, torpe, como amedrentado. Extendió una mano como inseguro de que su gesto fuera aceptado. Fanny vio que la señora se retraía, como hacía cada vez más ante cualquier contacto humano que no fuera el suyo o el de su hija. Habría debido no seguir observando pero no podía apartarse de ese umbral donde ninguno de los dos la veía. Ahora no veían nada que no fuera ellos mismos. La señora retrajo las manos, como queriendo esconderlas en el regazo, pero el hombre, con su cara tan severa, las tocó primero temerosamente y luego las apretó entre las suyas. Fue la memoria de las manos y no el recuerdo consciente la que reconoció de inmediato las manos de ella, a pesar de la rigidez, de la hinchazón de las articulaciones endurecidas: eran las manos siempre un poco frías de Adriana Zuber entre las suyas tan cálidas, las manos infantiles, con las uñas cortas y los dedos finos, las palmas que sus dos manos masculinas abarcaban de sobra, que apretaban conteniendo su impulso, por miedo a dañarlas. Solo que ahora eran unas manos inertes, que no respondían a la caricia y a las que no parecía que se transmitiera el calor de las otras. El tacto le revelaba lo que no había sabido ver su mirada: había algo inanimado en el cuerpo de ella, algo que la volvía inaccesible a su proximidad y a su deseo, renacido ahora, vigoroso y secreto. Y por eso era más turbador todavía y más verdadero o engañoso el brillo húmedo de sus ojos, que resplandecían ajenos a la ruina del cuerpo, al cautiverio de la parálisis.

Frente a ella, tan cerca, oliendo su pelo y el carmín de sus labios, y el aliento cálido y limpio que respiró con asombro la primera vez que la besaba, en un cine remoto de Madrid, la mirada de Adriana Zuber lo mantenía hechizado, lo embriagaba, traspasando su propia conciencia al mismo tiempo que mostraba con un abandono sin reserva toda el alma de ella, toda la experiencia de su vida, todo su amor y todo su deseo y todo su desengaño, toda la soledad y el dolor que Adriana había conocido y toda su capacidad de fervor, de alegría temeraria, de ternura y descaro sexual. Era la mujer joven a la que había conocido en la adolescencia y era la casi desconocida de la que no había sabido nada desde 1967, y a la que empezaba ahora a querer de nuevo, a medida que iba conociendo todo lo que había vivido desde entonces. Era el amor de su vida.

Acercó los labios a los de Adriana y estaban ásperos, a pesar del carmín, y ella los apartó. Tardó un poco en darse cuenta de que ella le estaba hablando al oído, y le costó al principio entender sus palabras, porque sonaba muy fuerte su respiración. Temió que ella le estuviera diciendo algo muy valioso y no poder oírla, no entender lo que le decía, como le había pasado en algún sueño.

—Ayúdame —dijo—, ayúdame. —Y él al principio no comprendía.

—A qué quieres que te ayude.

—Ayúdame a morir. No puede ayudarme nadie más que tú.

IV

«Así que ya sabes por qué no fui a comer contigo aquel día en Madrid.»

Gabriel Aristu se quedó en silencio. Después de haber hablado tanto, con su voz monótona, parecía que sus palabras, en vez de disiparse según las decía, hubieran quedado flotando en el aire, como los jirones de niebla estática sobre la tierra otoñal y los bosques, al otro lado de la ventana, hacia la orilla del río. Miraba en dirección a mí pero no estaba viéndome. Era más viejo que solo unos meses atrás. Había hablado en un tono de cautela, gradualmente más bajo, como para evitar que alguien nos escuchara, interrumpiéndose de vez en cuando para rememorar algo o para prestar atención a los sonidos cercanos, los que venían del interior de la casa, o los que subían del jardín, donde habían sonado los golpes secos de un hacha que cortaba leña, y el motor de un coche alejándose. En un rato iban a llegar los demás invitados. Los golpes del hacha habían sonado en un silencio amplio, en el aire frío de finales de otoño, con olor a humo y a hojas caídas descomponiéndose sobre la tierra, en la hondura del bosque, en los senderos embarrados. En el interior de la casa los pasos sonaban sobre tarimas de madera muy recia, planchas de roble de este mismo bosque cortadas dos siglos atrás, bruñidas por pisadas de generaciones, por la limpieza de mujeres con cofias blancas, frotando los suelos con manos enrojecidas. Desde el ventanal del estudio se veían las colinas cubiertas de bosques hasta el horizonte, en la otra orilla del río. Los colores otoñales habían durado hasta unos días atrás. La corriente del río aún bajaba tupida de hojas amarillas, ocres, rojas. Ahora el paisaje de tierra endurecida por las primeras heladas y de troncos y ramas desnudas cobraba una tonalidad apagada de liquen, de herrumbre y de invierno, un gris de ceniza. Me acordaba de los bosques de Virginia en el invierno de mi primer viaje. Los sonidos revelaban capas sucesivas de distancia en la tranquilidad de la tarde: picotazos de pájaros carpinteros, disparos de cazadores, la sirena de un tren siguiendo la curva del río, donde las vías se alzaban sobre pilares de hierro asentados en una zona de marismas, con cañaverales que el viento inclinaba en la misma dirección que las ondulaciones del agua de un azul helado. Bandadas de gansos cruzaban el cielo volando en formación hacia el sur.

«Ojalá haga frío de verdad este invierno, y nieve de verdad», me dijo Aristu por la mañana, volviendo de la estación, donde yo lo había visto en el andén ya bien pertrechado contra el frío, con un chaquetón muy recio de cuello de borrego y botas embarradas de campo. En la primera inspección, nada más bajarme del tren, ya se fijó en lo mal preparado que yo venía, con un abrigo insuficiente de ciudad, calzado con unos zapatos que se llenarían de barro en los caminos. Su cara española se mantenía inalterable, enmarcada por el gorro y el chaquetón de solapas lanudas. Yo traía una bolsa ligera, porque solo iba a quedarme esa noche. Constance estaría encantada de volver a verme, dijo Aristu. Por la tarde vendría un grupo de amigos que tenían casas de campo en la zona, parejas de Nueva York con las que Constance y él se reunían para cenar, para organizar charlas privadas o clubes de lectura, y a veces audiciones de música, pequeños conciertos de cámara. Él ya casi no se atrevía a tocar delante de otras personas, y se desanimaba incluso antes de sentarse con el cello, aunque lo tenía siempre dispuesto en el estudio, en su soporte, delante del atril, frente al ventanal que daba al río y a los bosques, las colinas y montañas azules que se prolongaban hasta Canadá, y más allá hasta el Círculo Polar Ártico, de donde venían en línea recta los peores vientos helados de enero y febrero, los que dejaban convertido el río en una lenta procesión de placas rotas y bloques de hielo, «como mármoles despedazados, como ruinas de templos».

En un rincón del estudio había una enorme estufa de hierro. En una estantería de tablas sin pulir Aristu había reunido los libros de los que no se separaba nunca, los que llevaba leyendo desde su juventud, los que había preservado para consagrarse en cuerpo y alma a ellos cuando pudiera dedicarles tantas horas y tantos días como le apeteciera, el Himalaya de las obras supremas, Proust, Cervantes, Tolstói, Pérez Galdós, George Eliot, Henry James, Shakespeare, *Moby Dick*, Montaigne, todo Balzac, todo Flaubert, los seis volúmenes macizos del *Decline and Fall* de Gibbon, y al lado los autores griegos y latinos en las austeras ediciones bilingües de Cambridge. Ahora que podía leer, por fin, todo lo que quisiera, lo aturdía y lo desalentaba la abundancia, la infinita disponibilidad, el hecho prodigioso de que se hubieran escrito tantas obras admirables. En otra pared estaba el equipo de música de máxima calidad, con sus altavoces distribuidos por un experto en acústica, y la colección de discos, algo más numerosa que la de los libros, pero no demasiado. Había un piano vertical, con una partitura abierta sobre el teclado, *Preludios* de Debussy, me dio tiempo a ver. Había fotos por las paredes, en color las de la vida americana, en blanco y negro las del pasado español, más lejano: Aristu y su padre de pie a los dos lados de Pau Casals, el hijo con chaqueta y corbata y pantalón corto, Casals con chaleco y alpargatas; el padre joven en la Residencia de Estudiantes, junto a García Lorca y Gerardo Diego, delante de un piano de cola; el padre todavía joven de aspecto y ya con el pelo blanco, en la rotonda del Hotel Palace de Madrid, junto a un diminuto Ígor Stravinski; el padre y la madre con abrigos largos, los dos mirando sonrientes a un bebé de gorro blanco en un cochecito.

Aristu había pasado años planeando cada detalle de ese estudio. Había hecho listas sucesivas y cada vez más reducidas de libros y de discos. Había calculado cada vez con más impaciencia el tiempo que faltaba para su jubilación. Cuando llegó el cáncer, el estudio estaba casi completamente equipado. Siguió perfeccionándolo mientras le quedaban fuerzas, hasta unos pocos días antes de la operación de la que podía no salir vivo. Pensaba que el estudio podría ser como una cámara funeraria en la que todo quedaría preparado e intacto para la vida de ultratumba de un muerto. Arreglaba el estudio con el mismo cuidado con el que redactó su testamento. El día en que iban a salir Constance y él hacia el hospital subió por última vez al estudio, mientras ella guardaba las cosas en el coche. Se sentó en el sillón anatómico en el que había planeado leer uno por uno todos los libros de la biblioteca. Rozó luego con los dedos los lomos de los libros, el mástil y las cuerdas tensas del cello, su concavidad pulida, la partitura de Bach abierta sobre el atril. Era una despedida táctil. Se acordó entonces de Adriana Zuber, con quien había soñado la noche anterior. Si él moría era probable que Adriana tardara en enterarse, viviera donde viviera, a través de antiguas redes de conocidos, tal vez en Madrid. Desde que supo que estaba enfermo había soñado más con sus padres, su padre sobre todo, y con ella. En otras épocas Adriana se había mostrado indiferente hacia él en los sueños, ajena a él, desdeñosa, hasta despectiva, sarcástica, sin decirle nada, observándolo con desapego desde una cierta distancia, burlándose un poco de él, o peor todavía, mostrándole con un gesto el desagrado que le inspiraba su vida, su dinero y su prestigio social, el modo en que él la había decepcionado.

En el hospital, en los sueños y los entresueños de los tranquilizantes, en las tinieblas de la anestesia, Adriana Zuber había aparecido como una presencia sigilosa, que se mantenía en un segundo plano, en el umbral de la habitación en la que entraban y salían médicos y enfermeras y Constance y sus hijos visitaban a Gabriel Aristu. Solo venía resuelta y silenciosa hacia él cuando ya no quedaba nadie. En el interior del sueño la habitación a la que entraba Adriana Zuber era tan idéntica a la real que el sueño no podía no ser verdadero: la mano de ella que buscaba la suya bajo las sábanas; los ojos claros y risueños, el carmín en los labios, el pelo rojo y turbulento. Ahora la mano caliente era la suya, y la fría la de él; él la apretaba y se contenía para no estrujarle los huesos tan finos. Le dijo en voz alta: «Si voy a morirme no tiene ninguna importancia que esto sea un sueño».

Abría los ojos y sabía tristemente que estaba despierto porque lo traspasaba el dolor y porque

Adriana Zuber no estaba a su lado. Se esforzaba por no perder la conciencia ni la memoria, por concentrarse en fijar el recuerdo del sueño antes de que se borrara. Sería como perder una parte crucial de su vida, como ser despojado de lo mejor que poseía. Tuvo miedo de que si recuperaba la salud perdería la potestad de tener esos sueños, el privilegio de poder recordarlos, de que no se le borraran sin rastro en el despertar: incluso, algunas veces, de poder controlarlos hasta cierto punto, sabiendo que soñaba, haciendo que ella se quedara más tiempo con él, se tendiera a su lado en la cama, se quedara desnuda, hablándole en voz baja, aunque sabía en ese momento que el esfuerzo mismo de controlar el sueño iba a desbaratarlo, un hilo tenue que se rompería en el instante en que tirara de él con un poco más de fuerza.

Yo no sé si me había hecho subir al estudio no para enseñarme su refugio sino para hablarme de sus sueños con Adriana Zuber y del encuentro con ella en la realidad, en el que yo, por cierto, había ocupado un papel modesto y del todo involuntario, pero también decisivo, el que sin darme cuenta, con solo pronunciar accidentalmente un nombre, había desatado su regreso a aquella parte cancelada de su vida. En cualquier caso era sin duda el motivo de que me hubiera invitado a su casa de campo, aunque lo encubriera con otro propósito más aceptable, un pretexto para que Constance no llegara a enterarse de lo que había sucedido, o más bien casi no había sucedido, lo que él desde el principio le mantuvo oculto, que iba a viajar a Madrid, y que se había citado con el amor de su juventud, ahora una mujer casi tan mayor como él, tan vieja, habría dicho ella, con su sarcasmo de siempre hacia cualquier eufemismo. Su dedicación de tantos años a las finanzas y a las negociaciones y maniobras corporativas le había dejado a Gabriel Aristu lo que él llamaba, me dijo que citando a Auden, «*a sense of theatre*». Igual que había planeado tan cuidadosamente su estudio, estaba muy adiestrado para organizar cenas de personas variadas e influyentes, escenografías de encuentros, episodios de estrategia en los que siempre intervenía la simulación, la pura teatralidad. Como partidas de naipes; como desafíos de ajedrez; astucias muy elaboradas para conseguir un efecto; situaciones protocolarias pomposas y superfluas, que al desenvolverse bien deparaban su propia recompensa; apretones prolongados de manos; discursos sentidos de agradecimiento y de homenaje.

Después de aquella cita malograda sin explicación en Madrid tardó algún tiempo en mandarme un correo pidiéndome disculpas. Yo lo había llamado desde el restaurante pero su teléfono estaba desconectado, y siguió estándolo a lo largo de la tarde. Pedí cualquier cosa después de una hora eludiendo incómodamente las miradas y las aproximaciones de los camareros y me costó, como él habría dicho para mostrar su dominio del español coloquial, «un ojo de la cara». Pensé que podía haberle sucedido algo. Me extrañaba ese silencio que contradecía tan exageradamente su buena educación, su trato siempre tan cordial conmigo, el catálogo de los favores que me había hecho durante más de veinte años. No supe nada de él en varios meses. Estuve embebido en mi trabajo del Prado. Llevaba colgada en la solapa una credencial como un ábrete Sésamo que me permitía el libre acceso a cualquier hora a las estancias del museo. En el silencio y la soledad de las nueve de la mañana permanecía muchas veces inmóvil delante de Las Meninas, con un cuaderno inútil en una mano y un lápiz todavía más inútil en la otra, mirando cómo la pintura sucedía delante de mí, un sueño que no se disipaba, que era a la vez exacta permanencia y pura fugacidad, espejismo de líneas y sombras y manchas de color que se deshacían como las partículas elementales de la materia cuando me acercaba mucho a ellas, y volvían a ser presencias humanas fantasmales y corpóreas en cuanto me alejaba, sintiendo que sus miradas me seguían.

En los depósitos del museo y en los archivos encontré el rastro de una discípula de mi secretamente detestado Valdés Leal, probable amiga de su hija, Juana Francisca de Contreras, emigrada desde Sevilla en 1680 al virreinato del Perú, pintora asombrosa de adoraciones de los Reyes Magos con pastores indígenas ofreciendo mazorcas de maíz y reyes y cortesanos con tocados de plumas. Me publicaron un ensayo sobre ella en *ARTnews*, con gran lujo de reproducciones en alta resolución. Gabriel Aristu salió de su silencio de tantos meses para felicitarme. Uno nunca sabía todo lo que ese hombre podía estar leyendo. Solo entonces se disculpó «*for standing you up*, o dejarte tirado, como dicen ahora en Madrid», en el restaurante del Wellington. Había tenido que interrumpir el viaje por una emergencia, «una alerta de salud que al final se quedó en nada». Me hablaba en el mensaje de un conocido suyo, coleccionista de pintura colonial de la América hispana, que había comprado en Lima algún tiempo atrás una Anunciación, y que al leer mi ensayo y ver las reproducciones había pensado que podía ser de la mano de mi Juana Francisca de Contreras. «Es buena señal que la gente de dinero reconozca tu *expertise*.» Adjunta al mensaje venía la foto de un cuadro sombrío, con una Virgen fondona y unos angelotes deplorables, con cabezas deformes como calabazas, pintado en los peores años de decadencia estética del XVIII, en algún taller de ínfima categoría, en alguna lúgubre ciudad de provincia colonial llena de conventos y de mendigos. Solo al primer vistazo era evidente que en aquel cuadro no había nada de la delicadeza sobrecogida de aquella Juana Francisca a la que yo imaginaba contemplando los misterios teológicos de la pintura igual que mi hija perdida para siempre contemplará los resplandores de las galaxias en el espejo parabólico de un telescopio, mi hija que en treinta años no ha querido saber nada de mí y no ha respondido a ninguno de los mensajes de felicitación que le envío a su correo profesional cada vez que leo un *paper* científico suyo o veo su foto de mujer desconocida en alguna noticia sobre descubrimientos y prodigios astronómicos.

Tomé un tren en la nauseabunda Penn Station, con sus techos tan bajos y sus rincones turbios como madrigueras de indigentes, y me bajé, como él me había indicado, en la estación de Tyne-on-Hudson, tan cerca de la orilla del río que el agua llegaba casi a los andenes. Bajé del tren y respiré de golpe el aire frío de bosque otoñal, como si bebiera de un caño de agua muy limpia. Y allí estaba Gabriel Aristu, con su cara española como de Zuloaga y su chaquetón de piel y su gorro peludo de invierno americano, de invierno en aquellos bosques de la parte alta y sombría del estado de Nueva York, con sus votantes republicanos armados de rifles de asalto y tocados con gorras caladas de seguidores de Donald Trump y sus gallardas manadas fuera de control de ciervos de alta envergadura infestados de garrapatas letales.

El invierno estaba allí más avanzado que en Nueva York, donde las copas de los arces, los robles, y los ginkgos aún llameaban rojas y amarillas en Central Park y en Riverside Park, irradiando todavía su propia luz dorada cuando ya se había puesto el sol y hacía más frío pero aún no empezaba a anochecer. Había un atajo para llegar desde la estación a la casa de Aristu, un sendero ancho en el bosque, debajo de robles muy altos que entrelazaban sus copas, al costado de un arroyo de tumultuosa espuma blanca saltando sobre guijarros de un lustre de pedernal. Aristu se apoyaba en un bastón como de montañero o de profeta, respirando con algo de fatiga cuando el camino se hizo algo más empinado. Me dijo con una sonrisa, cuando se paró para tomar aliento antes de entrar en la casa: «No hace falta que menciones delante de Constance que te dejé plantado en Madrid. Me dice que soy demasiado formal, pero si me equivoco en algo o tengo un despiste se queja de mi informalidad». El arroyo había movido en otro tiempo la rueda de molino que permanecía intacta a un lado de la casa, confirmando su formidable impresión de solidez, tan firmemente plantada en la tierra como los robles y los arces que le daban sombra.

Constance era más atractiva de lo que yo recordaba, más joven de lo que hubiera esperado, después de años sin verla. Ahora parecía que hubiera aumentado la diferencia de edad con su marido. Tenía un timbre agudo de voz y una risa abundante que resonaba por la casa igual que el taconeo de sus zapatos o el sonido de sus pulseras. Se alarmaba por si Aristu había salido poco abrigado; notó en seguida que el camino en cuesta desde la estación lo había fatigado y lo hizo sentarse un momento, después de quitarle el chaquetón y el gorro, con algo de la solicitud de una enfermera. Los peldaños sonaban profundamente a madera cuando subí tras ella a la habitación de invitados.

«Gabe está siempre diciendo que quiere pasar más tiempo aquí, pero en cuanto venimos empieza a aburrirse, y necesita compañía. Soy yo y no él quien disfruta de esta casa y del campo. Me doy paseos de horas por el bosque, y él prefiere quedarse en casa, y se preocupa si tardo. Me alegro mucho de que hayas venido a hacerle compañía. Se pone triste últimamente. Dice que ya es un viejo. Pero yo le contesto que eso no es una novedad. ¿No lo ha sido un poco siempre? Eso lo hacía más atractivo cuando lo conocí. En esa época, en California, Gabe era el único adulto que no quería hacerse pasar por adolescente.»

El lugar, la estación del año, mi estado de ánimo, me despertaban la imaginación literaria. Al llegar a la casa me había parecido que ingresaba en una novela sustanciosa del XIX, de Hawthorne, o de George Eliot. El cuarto de invitados me hizo pensar en Herman Melville, que por cierto, me dijo luego Aristu, había vivido no lejos de allí. Tenía algo de camarote de buque ballenero, el techo inclinado y las vigas muy recias, los tablones bruñidos del suelo, los apliques relucientes de cobre en el aparador y en la cama. Yo no había visto nunca cosas tan sólidas. Era de nuevo, al cabo de tantos años, la misma incurable inseguridad española, la insuficiencia que ya no iba a corregirse. En la ventana, el río y las colinas y los bosques y las montañas azules del fondo parecían estar allí para siempre, desde siempre. La música de violoncello que ahora llegaba a mí me transmitía la misma sensación de hondura estremecida, de arraigo, de un dolor profundo en el que también hubiera un velo tenue de alegría, o al menos de templanza.

La música me guio hacia el estudio de Aristu. Lo vi de espaldas, inclinado sobre la partitura, absorto en ella, marcando el ritmo con la mano derecha, el índice levantado que dibujaba en el aire la línea melódica, murmurada por la voz. Los graves vibraban poderosamente en las torres de sonido, hasta en la concavidad de vigas y tablones de madera del estudio.

Oyó mis pasos y detuvo el disco, levantando delicadamente la aguja. Me dijo que escuchar esa música era como seguir del principio al fin una frase muy larga de Proust, un fluir natural que sin embargo contenía un orden riguroso y flexible, una forma perfecta. Ni la frase de Bach ni la de Proust parecía que estuvieran construidas: sucedían orgánicamente, como asciende desde las raíces hasta las últimas ramas la savia de un árbol; fluían como el río Hudson o como ese arroyo que hasta hacía menos de un siglo movió la rueda del molino al costado de la casa. Pero él ya no aspiraba a tocar alguna vez esa música con una solvencia aceptable. Se le había acabado el tiempo que habría sido necesario para ese aprendizaje. Ahora le bastaba que las suites de Bach existieran, y escucharlas sabiendo de memoria cada nota y cada inflexión, cada pausa, cada salto de ritmo, entornando los ojos, moviendo a veces los dedos en el aire con una destreza fantasmal, como si de verdad pulsara las duras cuerdas del cello. Y a veces ni siquiera necesitaba poner el disco en el plato. La música sucedía en su imaginación sin un fallo, como en un sueño lúcido, aunque sin la fragilidad que hay siempre en la rememoración de los sueños.

Entonces me di cuenta de que Aristu había estado esperando ese momento, preparándolo, que todo lo demás no era más que un pretexto, un preludio, incluida la música, la suite para cello sonando con su mezcla de aspereza y dulzura en el estudio. Faltaban unas horas para que vinieran los otros invitados. Aristu y Constance habían convocado a un grupo de sus vecinos ilustrados, entre ellos el coleccionista de arte colonial, para una conferencia mía, allí mismo, en el salón de su casa, sobre mi Juana Francisca de Contreras, sobre la que tal vez yo debería escribir un estudio completo, una biografía, dijo Aristu, con su talento para las oportunidades prácticas. Constance había salido con el coche para comprar los aperitivos y las flores que luego iba a distribuir por toda la casa con su sentido espléndido de la decoración, flores exóticas en el interior caldeado de una casa en el comienzo del invierno.

Sin preguntarme nada, Aristu sirvió dos vasos de un whisky de color de miel o de ámbar y olor profundo a tierra fértil y a humo y me ofreció uno de ellos. Fue entonces cuando dijo el nombre de Adriana Zuber, y yo pensé que se refería a mi colega de Sarah Lawrence; y cuando empezó a explicarme, para mi sorpresa, la influencia que por puro azar, y sin saberlo, había tenido yo en su vida, con solo decir una vez ese nombre, desencadenando, «con toda inocencia», un trastorno que entre otras cosas lo llevó a hacer lo que no había hecho nunca antes, mentirle a Constance, ocultarle que en vez de quedarse varios días asistiendo a reuniones superfluas aunque muy rentables en Ginebra a principios del verano pasado había hecho un viaje de un solo día a Madrid. Quizás cuando me lo contara todo podría yo comprender, y hasta disculpar, que no se hubiera acordado de nuestra cita para comer aquel mediodía.

Yo no tenía que hacerle preguntas. No hacía ni decía nada, solo prestaba atención a lo que me contaba él, interrumpiéndose solo para beber sorbos breves de whisky, gradualmente poseído o sugestionado por su propio relato, que empezaba en un aula del Instituto Británico de Madrid hacia 1956 y pareció haber terminado con un viaje a América en 1967: pero se reanudaba de pronto, cuarenta y tantos años después, por puro azar, por intervención mía, solo unos meses atrás, en Madrid, una mañana de primeros de junio, durante unas horas que nunca habían dejado de tener la intensidad, la improbabilidad de los sueños, y ahora más todavía, cuando él me lo contaba todo, sin reparar mucho en mi presencia, aunque urgido, alentado por ella, por mi atención ávida, mi silencio, mi deseo primario de saber más, mi envidia en el fondo, porque yo nunca había conocido una pasión así, ni la había sentido en mí mismo ni la había suscitado, ni en la realidad ni en los sueños.

Me acordaba mal de los ojos y el pelo de la profesora Zuber, a la que solo había visto en persona una vez, hacía bastante tiempo, y quería imaginar los de su madre, de joven y de mayor, ese brillo que no había apagado y ni siquiera debilitado el tiempo. Veía sus manos débiles, encogidas en el regazo, frías al tacto de las manos de Gabriel Aristu, que ahora hacían gestos de vez en cuando en el aire delante de mí, como cuando seguía un rato antes la música, dibujos sumarios de lo que yo no había visto, la mujer sentada, poco a poco hundida, en la silla de ruedas, y sus manos enfermas con las uñas pintadas y los labios muy rojos en la cara tan blanca en los que por un momento se formaba, como un ascua que se aviva, la sonrisa de dulzura y de guasa de su juventud. Veía a la cuidadora, Fanny, su vigilancia silenciosa en el umbral, y veía a Gabriel Aristu, tan formal y tan ensimismado como lo estaba viendo ahora mismo, impúdico en su confesión, en la persistencia de un fervor que parecía inverosímil en un hombre como él, «a esta edad, a mis años», decía, asombrado él también, sospechando el ridículo, la vulgaridad del patetismo.

Se dio cuenta de que los dos vasos se habían quedado vacíos. Percibía con dificultad las cosas exteriores. Sirvió un poco más de whisky, y el primer sorbo lo hizo revivir, o perderse todavía más en su rememoración. Se inclinó hacia adelante, repitiendo el momento en que se había acercado más a ella, cuando le tocó las manos y notó el roce de los labios de ella en su cara pensando que iba a besarlo. Pero lo que hizo fue hablarle muy bajo al oído pidiéndole lo que luego él hubiera preferido no escuchar, aunque no había dejado de recordarlo, como una frase musical que uno no puede quitarse de la cabeza, las pocas palabras murmuradas, la petición, la exigencia, «Ayúdame», y él aún no entendía, en su exaltación, en su aturdimiento, «ayúdame a morirme».

Me dijo que cuando volvió a mirarla a los ojos su expresión había cambiado. Había algo de frío y expeditivo en ella; algo también desesperado, que la excluía de cualquier trato o vínculo humano que no fuera el que ella exigía. No había acercado la boca a su oído para confiarle un secreto íntimo, para decirle que ella tampoco había dejado de quererlo ni había podido olvidarlo, o para hacerle, como aquella noche tan lejana, una petición en voz muy baja y con detalles específicos para trastornarlo todavía más a él de deseo: solicitaba estrictamente su complicidad en un propósito clandestino. Quizás lo que le dolió tanto fue la ausencia absoluta de amor en la voz de Adriana Zuber. Pero a ella lo único que le importaba era morir cuanto antes. Era por eso por lo que había aceptado que él la visitara. No lo había hecho venir como a un amante perdido, sino como un cómplice posible. Miró a un lado y a otro para asegurarse de que Fanny no estaba cerca y no podía escucharla, o sospechar su intención. De las cosas que Adriana Zuber le dijo rápidamente después Gabriel Aristu guardaba un recuerdo confuso, sin duda debilitado por el desconsuelo y por la cobardía. Había procedimientos seguros, sustancias de efecto inmediato y sin dolor, dijo Adriana, con un brillo ahora de trastorno en los ojos. Él era un hombre de mundo, tenía medios, contactos. «Si me has querido tanto como dices, no me dejes ahora; no me hagas lo mismo que me hiciste la otra vez.»

Un coche se detuvo delante de la casa. Constance había vuelto con sus flores y sus bandejas de aperitivos, o había llegado antes y nosotros no la habíamos oído, y ahora los que venían eran ya los primeros invitados. El whisky de malta me había provocado una niebla ligera en el entendimiento, una presión en las sienes. Las palabras tenían un efecto acumulado semejante. Cuánto tiempo llevaba en ese estudio, cerca de la ventana en la que se había ido esfumando la claridad del día abreviado de finales de noviembre.

«Ya estaba muy cansada —dijo Aristu—. Se inclinaba hacia adelante, hacia un lado. Decía palabras más confusas, o se quedaba callada en mitad de una frase. Entró Fanny y me dijo con severidad que la señora necesitaba descansar. A esa hora le hacía bien echarse en la cama. Le pregunté si podía ayudarle. Adriana estaba ahora como adormecida, con la boca un poco abierta. Es cruel, pero la vi vieja en ese momento. Fanny me dijo que ella estaba acostumbrada, que se arreglaba mejor sola. La señora en realidad ya pesaba muy poco. Yo no sabía qué hacer. Fanny empujó la silla de ruedas hacia el dormitorio, y cerró la puerta. Yo acercaba el oído, pero no oía nada. Era como estar en el pasillo de un hospital. Fanny salió y me dijo que la señora quería verme. Que quería despedirse de mí.»

El dormitorio estaba en penumbra. Olía tristemente a enfermedad, a medicinas, a ácido úrico, a vejez. En ese dormitorio él había estado una sola vez hacía casi medio siglo. Adriana Zuber estaba incorporada sobre unos almohadones, tan blancos como su pelo. Tan inmóvil podía estar dormida, pero los ojos brillaban bajo los párpados entornados. Las manos yacían encogidas sobre el embozo, muy pálidas y con líneas azules, con las uñas rojas. La forma del cuerpo casi no se dibujaba.

«Ahora Fanny me ha dado una pastilla y voy a dormirme —dijo Adriana—. Siempre que voy a dormirme lo único que pienso es que no quiero despertar. Prométeme que esta vez seguirás aquí cuando me despierte. Tú sabes lo que tienes que hacer.»

Ahora fue ella quien le tomó la mano, y la apretó débilmente, con los dedos crispados. Se quedó junto a ella hasta que la oyó respirar en la calma del sueño. Hacía el ademán de soltarse la mano, pero tenía miedo de que se despertara. El apretón de ella era más poderoso de lo que parecía. Con la otra mano fue separando uno por uno los dedos cortos y frágiles, torcidos, hasta desprenderse de ellos. Se inclinó para besarle los labios ásperos, notando el hilo de su aliento. Le hizo a un lado el pelo recio y luminoso para despejarle la frente, tan tersa como sus pómulos, como su firme barbilla. Fanny había entrado silenciosamente y le indicaba por señas que debía marcharse ya.

Bajó a la calle y la claridad del día le hirió los ojos, la luz cruel del presente. Madrid era una ciudad desconocida y agresiva. De pronto no se acordaba del camino de vuelta al hotel. Esa misma tarde tomó un vuelo a Ginebra. Al día siguiente volvió a Nueva York. Como de costumbre, a la llegada, la cola de los ciudadanos era mucho más breve y más rápida que la de los extranjeros. El funcionario de Inmigración examinó su pasaporte y cambió brevemente el gesto desganado y severo por una sonrisa, diciéndole efusivamente, «*Welcome back home, sir*».

De la parte baja de la casa venía el rumor creciente de los invitados, las exclamaciones joviales de Constance cuando los recibía en el vestíbulo, decorado con grandes ramos de flores, algunas de ellas alusivas al mundo latinoamericano y barroco sobre el que iba a girar mi charla. Justo al cabo de una hora, había determinado Gabriel Aristu, después de las presentaciones, cuando todo el mundo se hubiera acomodado por la anchura del salón, con bebidas y platos de comida fría sobre las rodillas, yo daría mi charla, informal pero muy preparada, sobre el contexto de la pintura criolla del barroco, en la que había florecido brevemente la todavía misteriosa Juana Francisca de Contreras, de la que yo iba a mostrar algunas obras, con la ayuda tal vez insegura de mi portátil, proyectándolas en la pantalla dispuesta por Constance al fondo del salón. Se atenuaron las luces, y yo quise tragar saliva, pero se me había secado la boca, según mi antigua costumbre académica. Había quince o veinte invitados, hombres y mujeres, parejas de confortable madurez, no todas heterosexuales, profesores retirados o colegas antiguos de Aristu en el mundo de los bancos, patrones de fundaciones culturales y museos, algunos muy influyentes, a los que según Aristu me convenía impresionar. Él y Constance me escuchaban en la primera fila, los dos visiblemente favorables, haciendo muy evidente su aprobación, riendo las bromas prudentes que yo había aprendido a intercalar en mis despliegues tan esforzados de conocimiento, de rigurosa *scholarship* anglosajona. La cara severa de Aristu resaltaba entre las de los invitados como un retrato antiguo, en el tenebrismo de la sala tan solo iluminada por las proyecciones sucesivas y por la luz de mi portátil.

Hubo un aplauso educadamente sostenido, hasta caluroso, parabienes, preguntas interesadas y eruditas, respuestas que yo daba mirando con disimulo en busca del gesto de aprobación de Gabriel Aristu, bebidas más abundantes que enrojecían las caras ya de por sí sonrosadas y elevaban el volumen colectivo de las voces. Al presentarme a algún invitado y contarle mis méritos Aristu carecía de cualquier tono personal, como si no hubiera continuidad entre ese momento de la fiesta y nuestra conversación de tan poco tiempo antes en el estudio. El hombre que esa tarde me hacía una larga y no solicitada confesión en español y en voz baja y el que ahora hablaba en un inglés admirable, de ligero acento como centroeuropeo, a un volumen que excluía la confidencia, parecían dos personas distintas, y yo no habría podido decir cuál era la verdadera, o en qué medida una de las dos era más verdadera o falsa que la otra. En su desenvoltura social yo advertía esa noche, más que ninguna otra vez, la ansiedad de una interpretación, el desgaste de un esfuerzo continuado y secreto. Me daba la impresión de que Gabriel Aristu procuraba no quedarse a solas conmigo, si bien estaba atento a asegurarse, con su destreza de anfitrión, de que en ningún momento me quedaba sin interlocutor, y sin un vaso en la mano. Lo veía moverse como un actor entre la gente, y entonces se volvía hacia mí, y se daba cuenta de que lo estaba observando, y de que observaba a Constance en otra zona del salón, y me hacía preguntas que él ahora, al menos esta noche, no estaba dispuesto a contestar. No quería que le preguntara si había sabido algo más de Adriana Zuber, si había vuelto a encontrarse con ella en un sueño. Quizás ahora le bastaba invocarla, ajena a la realidad, salvada del olvido, con la misma exactitud con la que revivía en silencio cuando estaba solo cada una de las frases demoradas del cello.